경이로운 자연에 기대어

Visualizing Nature

경이로운 자연에 기대어

진리와 정신과 철학에 관한 에세이들

레이철 카슨 외 지음

스튜어트 케스텐바움 엮음

민승남 옮김

작가
정신

Essays on Truth, Spirit, and Philosophy

랠프 월도 에머슨(1803-1882)은 1836년에 에세이 『자연Nature』을 출간했다. 이 작품은 헨리 데이비드 소로, 마거릿 풀러 등 당대의 사상가들과 작가들을 감화시켰으며, 이후로도 미국의 사상과 저술에 지속적인 영향력을 미쳐왔다. 에머슨의 에세이는 다수가 강연으로 시작되었다. 1883년 초기 공개 강연에서 그는 이렇게 말했다. "자연은 하나의 언어이며, 우리가 새롭게 배우는 사실은 모두 하나의 새로운 말이다. 하지만 그것은 사전 속에서 해체되고 죽는 언어가 아니라 가장 중요하고 보편적인 의미로 통합되는 언어다. 나는 이 언어를 배우고 싶다. 그건 새 문법을 알기 위해서가 아니라, 그 언어로 쓰인 위대한 책을 읽기 위해서다."[*]

『경이로운 자연에 기대어』의 작가들은 계속해서 그 언어를 배우고 또 말하고 있다.

---

[*] 랠프 월도 에머슨, 스티븐 위처 편, 『초기 강연들Early Lectures (1833-36)』, 하버드대학출판부, 1959.

『자연』에서 발췌한 글들

랠프 월도 에머슨

바람은 씨앗을 뿌리고,
태양은 바다를 증발시키고,
바람은 그 수증기를 들판으로 실어 가고,
지구 반대편의 얼음이
이쪽의 비를 응결시키고,
비는 식물을 키우고,
식물은 동물의 먹이가 되고,
그리하여 신성한 베풂이
끝없이 순환하며 인간의 양분이 된다.

– 제2장 「효용」

그러나 다른 시간들에,
자연은 그 어떠한 물질적 이득이
결부되지 않아도
그 사랑스러움으로 만족을 선사한다.
나는 집 앞의 언덕 꼭대기에서
여명이 밝아오고
해가 떠오르는 아침의 장관을 바라보며,
천사가 느낄 법한 감정들에 젖어……

하지만 아름답게 보이고 느껴지는
이러한 자연의 아름다움은
최소한의 것이다.
하루의 광경들, 이슬 맺힌 아침과,
무지개, 산들, 꽃이 피어난 과수원들,
별들, 달빛, 잔잔한 물에 비친 그림자 같은 것들은,

우리가 너무나 열성적으로 찾아다닌다면
그저 광경에 머물고,
그 비현실성으로
우리를 조롱하며……

10월의 노랗게 물든 오후에
아른거리는 아름다움,
그 누가 그걸 움켜쥘 수 있겠는가?
그것은 찾아 나서면
사라지고 만다.
그것은 마차 창문으로 보이는
신기루일 뿐이다.

– 제3장 「아름다움」

세상의 아름다움을
또 다른 측면으로
바라볼 수가 있는데,
그건 바로 지적 대상으로 삼는 것이다.
자연은 미덕뿐만 아니라
사상과도 관련이 있다.
지성은 만물의 절대적 질서를
신의 마음속에 존재하는 대로,
감정의 색깔 없이 탐색한다.

자연의 아름다움은 마음속에서
새로이 만들어진다. 그것은
불모의 사색을 위해서가 아니라
새로운 창조를 위해서다.

– 제3장 「아름다움」

〔자연과 인간에 대한 진정한 이론은〕
언제나 정신을 말한다.
절대적인 것을 암시한다.
그것은 영속적인 영향이다.
그것은 늘 우리 뒤의 태양을 가리키는
거대한 그림자이며……

가장 행복한 사람은 자연으로부터
숭배의 교훈을 배우는 이다.

– 제7장「정신」

서문

나는 과거로 시간 여행을 떠나곤 한다. 메인주
디어 아일 해안에 있는 나의 집에서부터 19세기
건물들을 지나고, 20세기와 21세기의 전봇대들과
포장도로들을 외면하며 언덕을 오르노라면 숲에
잠식되지 않은 들판에 이른다. 그 들판은 농사를
짓기 위해 개간된 지 150년이 넘었다. 나는 그
탁 트인 곳에서 돌아서 마을을 내려다본다.
케이프코드* 스타일의 하얀 집들, 소유지의 경계를
이루는 단풍나무들, 한때 상품을 운송하는 범선들로

가득했던 항구. 이제 그곳엔 더 이상 배들이 보이지 않지만—모든 것을 트럭으로 들여오거나 우리가 차를 몰고 나가서 사온다—랠프 월도 에머슨의 시절처럼 여전히 조수潮水는 한결같고, 뭉게구름이 파란 뉴잉글랜드 하늘을 가로질러 퍼레이드를 벌인다.

그런 산책길에서 자주 떠오르는 에머슨의 글이 있다. 그는 "스물이나 서른 개쯤 되는 농장들"과 "그 너머 숲"을 지나며 농장과 숲을 소유한 사람들의 이름을 열거한 후 이렇게 넛붙인다. "하지만 그 누구도 풍경을 소유하지 못한다. 시계時計의 모든 부분을 통합할 수 있는 눈을 지닌 사람을 제외한다면 그 누구도 갖지 못하는 자산이 있다…… 이것이 바로 그들 농장의 가장 좋은 부분이나, 문서로 소유할 수 있는 것이 아니다."

---

* 19세기 전반 북유럽과 미국에서 고대 그리스 건축물의 요소들을 모방하여 발전시킨 그리스부흥양식의 대표적 주택 형식.

나는 시간의 흐름을 따라 나아가다가 살며시 거스르기도 하면서 에머슨과 나란히 걸으며 풍경에 감탄하는 상상에 젖는다. 과거에 농지를 나타냈던 돌담들이 소나 양은 한 마리도 보이지 않는 2차림 사이로 뻗어 있는 곳에 이르면, 그에게 설명해줄 것이 많다. 그리고 그곳이 시작점이 될 것이다. 나는 거기서부터 거의 2세기에 달하는 테크놀로지의 시대를, 업적과 참사를 엮어 짠 역사를 헤치고 나아가야 할 것이다.

우리는 산책길에서 그 어떤 역사적 변화에 맞닥뜨리더라도 시계視界를 관조하고 그 모든 부분을 통합할 방법을 찾으려 할 것이다. 에머슨은 자신을 "신의 작은 한 부분"으로 만들어줄, 자연 속에서의 우주적 합일을 이해하고 있었다. 그와 그 시대의 사람들은 오늘날 우리가 상상도 할 수 없을 만큼 우주의 중심에 가까이 설 수 있었다. 우리는 그들보다 더 많은 과학적 지식을 지녔으나 우주에서의 우리 자리에 대한 확신은 줄었고, 자연계와 인간계 양쪽 모두에서 파멸에 대한 위기감이 점점 더 고조되고 있다.

　　자연은 여전히 우리에게 말을 걸지만—어떻게 안 그럴 수 있겠는가—우리는 더 만신창이가 된 세상에 살면서 에머슨에게 외경심을 불러일으켰던 근원적 연결의 붕괴를 불안한 눈으로 목도하고 있다. 우리는 앞으로 어떻게 살아가야 할지 고심하곤 한다.

　　5월의 마지막 날이었던 어제, 나는 뒤뜰에서 햇살을 받으며 앉아 있었다. 세계적인 감염병에 세상이 뒤집힌 이 해에 말이다. 뉴스 기사나 기고문마다 "이것은 우리가 아는 (　　)—빈칸을 채워보시길—의 종말인가?"라고 묻는다. 갑자기 바람이 불면서 저마다 보금자리를 찾아다니는 민들레 홀씨들이 공중 가득 눈송이처럼 소용돌이 쳤다. 날개 달린 단풍나무 씨앗 하나가 나무에서 떨어져 내가 읽고 있던 책 위에 내려앉았다. 세상은 제 할 일을 하고 있었다. 공중에서, 문자 그대로 생존과 부활이 이루어지고 있었다.

　　『경이로운 자연에 기대어』에서는 다양한

배경과 전문지식을 지닌 작가들이 에머슨의
『자연』에 담긴 주제들을 숙고하며, 그들이 오늘의
세계에서 마주하는 것들에 대해 이야기하고 있다.
자연계는 우리에게 어떤 식으로 말하고 우리는
어떻게 귀 기울이는가? 이 책에는 2차림에서,
사막에서, 늪지에서, 산호초에서, 수백 년을 사는
나무들에서, 저지Jersey 해안에 부서지는 파도에서
온 소식들이 담겨 있다. 그건 아마도 아직 세상에
조화로움이 존재한다는 소식일 것이다.

스튜어트 케스텐바움

『경이로운 자연에 기대어』를 엮은 스튜어트 케스텐바움은 메인주 디어
아일에 위치한 헤이스택마운틴공예학교 교장으로 27년간 재직하며
공예에 글쓰기와 신기술을 결합한 혁신적인 프로그램들을 구축했다.
2021년까지 5년 임기인 메인주 계관시인으로 활동했다. 지금까지
다섯 권의 시집을 냈으며 가장 최근에 나온 시집은 『다시 시작하는
법』(2019), 에세이집은 『여기로부터의 시선』(2012)이다.

에세이들

Essays

자연은 인간이 만들지
않은 부분이다

레이철 카슨

+ 레이철 카슨이 1962년 6월 스크립스칼리지 졸업식에서 한 연설.
예일대학교 베이넥 도서관에 소장된 레이철 카슨 문서.

자연이라는 말에는 많고도 다양한 의미들이
함축되어 있습니다. 제가 좋아하는 자연에 관한
정의는, "자연은 이 세상에서 인간이 만들지 않은
부분이다"입니다.

　　인간은 오래전부터 오만한 목소리로 자연의
정복에 대해 이야기해왔으며, 이제 우리는 그
자랑을 실현할 힘을 가지고 있습니다. 우리의
불행은 이 힘이 지혜로 담금질되지 않고
무책임이라는 특징을 가져왔다는 것입니다. 인간은
자연의 **일부이고** 정복의 대가가 인류의 파멸이
될 수 있다는 인식이 너무도 부족합니다. 그리고
이것은 우리에게 최후의 비극이 될 수도 있습니다.

　　지질시대라는 광대한 배경에서 바라보면
인류의 시대는 한순간에 지나지 않는 것처럼
보입니다. 그러나 그 한순간은 얼마나 불길합니까!
인류가 부상한 건 겨우 100만 년 전이었습니다.

　　직립보행을 하고 더 이상 나무에서 살지 않는
이 존재가, 같은 세계에 사는 큰 짐승들이 두려워
동굴에 숨어 살던 그들이 언젠가 세상 전체를

바꿀 힘—세상에 존재하는 무수한 생명체들의
생사여탈권—을 갖게 될 줄 누가 알았으며
짐작이나 할 수 있었겠습니까? 저 육중한 눈썹뼈
뒤에서 발달한 뇌가 인간들로 하여금 다른
생명체들은 이루지 못한 것을 성취해내게 할
줄—하지만 그와 동시에 우리 자신에게 파멸을
초래할 활동들을 통제하는 지혜를 부여하진
못하리란 걸—그 누가 예견할 수 있었겠습니까?

자연에 대한 우리의 태도는 시간과 함께
변해왔습니다. 원시인들은 자연의 위력 앞에서
그들이 이해하지 못하는 것에 두려움으로
반응했습니다. 그들은 어둡고 음울한 숲에
초자연적 존재들이 우글거린다고 여겼습니다.
미지의 수평선까지 펼쳐진 바다를 바라보며
안개와 짙어가는 어둠 아래 놓인 무시무시한 끝을
상상했고, 그곳에서 광대한 심연이 여행자를 바닥
모를 구렁으로 빨아들이기 위해 기다리고 있다고
생각했습니다.

콜럼버스가 신대륙을 발견한 후로 몇 세기밖에

지나지 않았음에도, 오늘날 우리의 온 지구는 그저 또 하나의 해안이 되었습니다. 우리는 별들 사이로 항해하면 무엇을 발견하게 될지 모르면서도 옛 바이킹족이나 폴리네시아인들처럼 미지의 세계에 도전하고픈 욕망에 사로잡혀 우주라는 어둠의 바다를 바라보고 있습니다.

미지의 바다로 나아간 옛 항해자들의 시대와 현재 사이에는 거대하고 운명적인 변화가 존재합니다. 공포와 미신이 대부분 지식으로 대체된 것은 잘된 일이나, 그 지식에 오만이 아닌 겸허함이 수반되었다면 오늘날 우리는 더 안전한 위치에 설 수 있었을 것입니다.

오늘날 자연에 대한 인간의 태도는 대단히 중요하며, 그건 인간이 자연을 파괴할 힘을 새로 얻었기 때문입니다. 저는 히로시마 사태 이전에는 자연—가장 광범위한 의미에서의 자연—이 실제로 인간으로부터 보호되어야만 하는 것인지 의심했던 기억이 또렷이 남아 있습니다. 분명 바다는 불가침의 영역이었고 인간은 바다를 바꿀 힘을 갖지 못한 듯했습니다. 물론 물이 증발하여 구름이 되고 다시 땅으로 돌아오는 거대한 순환은 불가침의 영역입니다. 또한 생명의 거대한 조수—이주하는 새들—도 계속해서 대륙들 위에서 밀물과 썰물을 이루며 계절의 변화를 나타낼 것입니다.

하지만 그건 저의 잘못된 생각이었습니다. 영원한 진리에 속한 듯 보였던 이것들조차도 위협을 받고 있을 뿐 아니라 이미 인간의 파괴적인 손길을 느끼게 된 것이지요.

우리에게 가장 소중한 천연자원이라고 할 수 있는 물이 무모하게 남용되고 있습니다. 하천들이 보이지 않는 온갖 폐기물들—생활폐수, 화학폐기물, 방사성폐기물—로 오염되면서 우리 행성은 표면의 4분의 3이 바다로 덮여 있음에도 급속히 목마른 세계가 되어가고 있습니다.

1955년 70명의 과학자들은 프린스턴대학에 모여 지구의 얼굴을 바꾸는 데 있어 인간의 역할이 무엇인지 숙고했습니다. 그들은 불의 첫 사용부터 무분별한 도시확산에 이르기까지의 변화들을 담아

1200페이지에 달하는 책을 만들어냈습니다. 인간의 활동이 지닌 두드러진 특징은 대개는 항상 단기적 이득을 노린 편협한 시각에서 이루어졌으며, 지구에 미치는 결과나 우리 스스로에게 돌아오는 장기적 영향을 고려하지 않았다는 것입니다.

시간은 앞을 향해 흐르고 인간도 그 흐름과 함께 움직입니다. 우리 세대는 환경과 타협에 이르러야 합니다. 진실에 대한 외면이나 오만으로 도피하지 말고 현실을 마주해야만 합니다. 우리에겐 중대하고 냉엄한 책임이 주어졌으나, 한편으로는 그것이 빛나는 기회가 될 수도 있습니다. 이제 여러분이 나아갈 세상에서 인류는 과거 그 어느 때보다 커다란 도전에 직면해 있습니다. 우리는 성숙함과 지배력—자연에 대한 지배력이 아니라 스스로에 대한 지배력—을 증명해야만 합니다. 거기에 우리의 희망과 운명이 놓여 있습니다.

레이철 카슨(1907-1964)

미국의 해양생물학자이자 작가, 환경보호 활동가였으며, 환경보호에 대한 인식과 지지기반을 넓힌 『침묵의 봄』(1962)을 썼다.

우리에겐 중대하고
냉엄한 책임이 주어졌으나,
한편으로는
빛나는 기회이기도 합니다.
거기에 우리의 희망과
운명이 놓여 있습니다.

자연의 가르침,
디서플린에 관하여

앨리슨 호손 데밍

"자연은 디서플린*이다"라고 에머슨은 말한다.

　　그건 어떤 의미일까? 나에게 디서플린이라는 단어는 질서와 관례, 연습과 반복을 의미한다. 나는 규칙적인 운동을 이어가기 위해 디서플린이 필요하며, 4월 말 소노라 사막의 기온이 화씨 100도 위로 치솟는 요즘 같은 때는 더욱 그러하다. 멋진 재즈 코드를 넣어 〈왓 어 원더풀 월드*What a Wonderful World*〉를 피아노로 연주하기 위해 연습할 때에도 이것이 필요하다. 생각들이 깨진 온도계의 수은처럼 날쌔게 달아날 때 책상을 지키고 앉아 있기 위해서도 이것이 필요하다. 코로나19 바이러스가 도시에 빠르게 퍼지는 동안, 집에 머물면서 몹시 건조해진 손을 씻고 또 씻을 때에도 이것이 필요하다.

　　하지만 나는 부족함 때문에 디서플린**을 받을

---

* discipline. 훈련, 수양, 규율, 징계, 종교적 고행, 계율, 성적 목적의 채찍질 등 여러 의미로 해석될 수 있다.

** 여기에서는 '징계'라는 의미이다.

필요는 없다. 종교적 디서플린*을 지키는 삶을
살기 위하여 가난과 순결의 서약을 할 필요도 없다.
또한 결박과 디서플린**이라는 쾌락적 성행위를
시도할 필요도 없다. 자연은 영감이고, 집이며,
육신과 영혼에 유용한 것이고, 상처이자 치유이며,
붕괴이자 결실이다. 하지만 디서플린이라니?
고전에 조예가 깊었던 에머슨은 라틴어 어원으로
거슬러 올라간다. "제자들disciples에게 주는
가르침." 그렇게 생각해보니 나 역시 자연에서
배움을 얻고 있다는 점에서 공감이 된다. 나는
자연의 제자이며, 그것이 내 환경철학의 핵심을
이룬다.

    에머슨의 글은 읽기 쉽지 않다. 정교한
사유는 물론, 아찔한 급전환에 능하여 그의 글을
계속 읽다 보면 내 정신이 비디오게임의 무대가

---

* '계율'이라는 의미.
** '채찍질'이라는 의미.

되는 듯한 기분이 든다. 목표가 무엇일까? 누가
알겠는가. 하지만 계속 나아가다 보면 근사한
여행이 펼쳐진다. 에머슨은 21세기에 사는 독자의
마음을 이 시대의 물질주의적인 사고방식에서
흔들어 뽑아내어 사상과 글쓰기의 중심지였던
19세기 메사추세츠 콩코드로 데려간다. 랠프 월도
에머슨을, 헨리 데이비드 소로를, 너새니얼 호손을,
마거릿 풀러를, 루이자 메이 올컷을 생각해보라.
그리고 그들의 강연을 듣기 위해 구름처럼 모여든
선량한 시민들을 생각해보라. 미국의 땅은 이곳에
사는 사람들에게, 자연은 부엌과 마당으로뿐만
아니라 가장 중요한 사상의 세계, 정신적 삶에서도
쓸모를 지닌다는 가르침을 주었다. 자연의
가르침discipline은 "물질과 정신을 결합시키는
유사성을 인지함으로써" 경험을 사고로 전환시키는
데 있다. 에머슨의 이 말은 시인 뮤리얼 루카이저의
"경험을 들이쉬고, 시詩를 내쉰다"와 일맥상통한다.
    에머슨은 자연을 마음속에 그릴 때 '보편적
존재'라는 보이지 않는 세계를 본다. 우리의

세기世紀는 데이터에 근거해 자연을 볼 것을
요구한다. 물론, 우리는 흐드러지게 핀 봄꽃과
드넓고도 잔잔한 바다, 우뚝 솟은 태고의 산들에서
정신이 일깨워짐을 느낀다. 하지만 지구의
상태에 대한 우리의 지식은 우리를 데이터로
돌아가게 만든다. 대기 중 탄소의 ppm 수치, 이미
멸종되었거나 멸종되어가는 종들의 수, 더욱 거센
밀물에 무너지거나 잠겨버린 문화들, 기온 상승과
산성화로 생명력을 잃어가는 바다. 이것이 바로
우리 세기의 새로운 지식이다.

자연은 인간적 과잉의 희생양이다.

우리는 그래프와 수치를 읽는다. 우리는
고난에 대처할 때 정치적, 경제적인 이익이 과학과
도덕지능보다 우선한다는 사실에 개탄한다.
데이터만으로 인간의 행동을 바꿀 수 없다는 건
놀라운 일이 아니다. 데이터는 우리가 자연을
인식하는 데 있어 강점이자 약점이다. 인간을
행동으로 이끄는 건 감정이며, 그래프나 도표로
감정을 느끼기는 매우 어렵다. 지구의 안녕에

대한 위협이 반드시 개인의 안녕에 대한 위협으로 이어지는 것은 아니다. 그러나 코로나19 팬데믹은 우리에게 도덕적 관심의 폭을 넓히는 법을 배울 수 있는 교훈을 주고 있다. 사람들은 대개 자신이 위험에 처해 있다고 느낄 때 공익을 위해 기꺼이 희생할 수 있기 때문이다.

나는 책상에 앉아 메스키트나무의 새잎이 사막의 산들바람에 나부끼는 모습을 올려다본다. 어제는 큰뿔부엉이 한 마리가 그 나무의 가지에 앉아 몇 시간이고 그날의 명상에 잠겨 있는 걸 보았다. 부엉이는 고개를 이리저리 돌렸다. 간간이 나를 보았다가, 고개를 돌려 나를 등지고 생각에 잠겼다. 그 나무와 부엉이와 그날과 나의 시선이 한 조각의 시간과 장소 안에서 하나가 된 듯했다.

오늘은 바람이 강해져서 메스키트나무가 오픈카를 타고 질주하듯 머리칼을 휘날리고, 유연한 가지들이 공중에서 헤엄을 친다. 굳건히 뿌리를 내리고서 바람에 흔들리는 건 어떤 기분일까? 동면에서 깨어나 턱잎이 돋고, 그다음엔 잎이

나고, 그다음엔 수액이 흐르고, 햇빛을 양분으로
바꾸는 작용이 시작되는 걸 느끼는 기분은
어떨까? 메스키트나무도 감각의 삶을 사는 걸까?
아니면 오직 인간의 마음에서만 나무와의 교감이
이루어지는 걸까?

　나는 에머슨의 관점에 완전히 도달할 수는
없겠지만 조금씩 다가가는 기분이다. 신성함에
대한 나의 감각은 데이터와 의혹으로 너무나 많이
손상되었다. 새로운 생성의 에너지가 나무들을
타고 흐르듯 나에게도 흐르며, 우주와 나무, 육신,
정신, 그리고 이 페이지를 형상화하는 데 꼭 필요한
신성神性임을 나는 안다. 그리고 이 모든 것들은
하나의 경이로서 소중히 간직되고 대대로 전해질
것이다.

앨리슨 호손 데밍

시인이자 에세이스트로 시집 『천국의 계단』(2016)을 냈고, 환경과 문화의 역사에 대한 저서 『직조된 세계: 패션, 어부, 정어리 드레스』(2021)를 출간했다. 애리조나대학 명예교수이며, 구겐하임 펠로십과 월트 휘트먼 상을 수상했다. 애리조나주 투손과 캐나다 뉴브런즈윅 그랜드 마난 섬에 살고 있다.

41 앨리슨 호손 데밍
Alison Hawthorne Deming

인류는 불을 통해 성장해왔다

몰리언 데이나

십 대 때 처음 땀 움막*에 앉아 있던 기억이 난다.
나는 페놉스코트 네이션** 출신으로 그 문화권에서
자랐기에 의식이 낯설지 않았다. 나는 그 의례를
이해했고, 어떤 마음가짐이 필요한지도 알았다.
그 의식이 불명예의 대상이 되어서도, 부족원이
아닌 사람들이 행해서도 안 된다는 것 역시 알았다.
그건 우리의 가르침이었고, 나는 배울 준비가 되어
있었다.

   나는 겁이 많은 사람이라 움막 안이 뜨거워지고
모든 빛이 차단되자 맥박이 빨라지면서 손이
따끔거렸다. 내 머릿속에서 불안반응을 관장하는
목소리가 움막에서 튀어 나가라고, 기도하며 앉아
있는 다른 사람들을 타 넘어가 육중한 모포 문

* sweat rodge. 땀을 내면서 정화와 건강을 비는 의식을 위해
만든 둥근 움막.

** 미국 북동부 삼림지 출신의 북아메리카 원주민이 거주하는
지역. 미연방정부의 인정을 받은 원주민 부족들 가운데
하나이며, 스스로 자치국이라는 자부심을 갖고 네이션이라는
칭호를 사용하고 있다.

45 몰리언 데이나
Maulian Dana

저편의 달고 시원한 공기를 마시라고 소리쳤다.

나는 1분만 기다려보자고 스스로를 달랬다. 조상들의 목소리를 듣기 위해서였다. 전나무와 삼나무에서 올라오는 김을 들이마셨고, 자욱한 김과 열기 때문에 숨을 쉬는 것 같지도 않았으나 마음에서 평온과 리듬을 느꼈다. 땀 움막의 기본적인 가르침은 바로 자궁으로 돌아가라는 것이다. 돌에서 올라오는 김의 열기 속에 앉아서 자신이 행하는 창조의 과정을 느끼는 것. 어머니 대지는 우리가 그녀에게로 돌아가기를 허락하고, 우리는 움막 안에서 기도하며 그녀에게 이야기한다.

이 의식은 하나의 거듭남이며, 우리가 느끼고 싶어 하지 않는 것들을 느끼도록 몰아갈 수 있다. 두 번의 출산 경험이 있는 나는 소중하고 완벽한 존재와의 만남을 위해 몸이 갈가리 찢기는 고통을, 그리고 그것의 아름다움을 안다. 우리는 어머니로서 세상을 위해 피를 흘린다. 고통 속에서 자연의 순환에 순응하여 생명을 낳는다. 우리는 에너지와 힘을 가장 성스러운 책무에 쏟아부으며 모든 창조에의 희망을 물과 공기, 흙에 둔다. 우리는 불을 통해 변화하고 성장할 때 거듭난다.

땀 움막은 더욱 가치 있는 내가 되기 위해, 그리고 어머니 대지에 가까워지기 위해 배우고 고통받아야만 하는 나 자신의 조각들과 직접 대면하게 함으로써 어머니가 되는 법을 가르쳐주었다. 우리들의 어머니 대지는 무시당하고 기가 꺾였지만 그럼에도 여전히 우리를 사랑하고 보살핀다. 나는 삶의 여정에서 두려움을 불러오는 불확실성과 의심에 직면하면, 대지가 우리를 위해 간직한 힘과 사랑을 생각한다. 우리가 누릴 자격이 없을 때조차 대지는 우리에게 그것들을 베푼다. 나는 내 아이들을 조건 없이, 두려움 없이, 나 자신에 대해서 생각하지 않고 사랑한다. 어머니 대지가 그런 사랑을 가르쳐주었다. 대지는 근본적이고 순수한 참사랑의 모범이다.

이건 내 이야기일 뿐, 모든 사람들이 어머니 대지를 사랑하는 법을 배우기 위해 땀 움막에 들어가야 하는 것은 아니다. 그녀가 아직 우리

곁에서 우리가 그녀의 진가를 알아볼 기회를 주고
있을 때, 모두 한마음이 되어 그녀를 사랑하기만
하면 된다. 어머니가 없이는 자식도 없는 법이니까.

몰리언 데이나

메인주 페놉스코트 네이션 부족 대사로 활동 중이다. 부족민이자 두 아이의 엄마로서 자신이 자란 원주민 보호구역에서 자녀들을 키우고 있다. 정치학사로 지역, 주, 연방정부에 페놉스코트 네이션을 대변하고, 정책 활동에도 참여하고 있다. 열정적인 독서가이자 작가, 인종평등 활동가이기도 하다.

우리가 저마다
땅의 시를 적어 내려갈 때

킴 스태퍼드

+ 킴 스태퍼드, 『땅의 시 : 땅을 위한 시들 *Earth Verse: Poems for the Earth*』,
리틀 인피니티스, 2019. (서문에서 발췌)

나는 제도적인 단어들이 가슴을 아프게 찌르는
학교에서 일한다. 합리적인 의도를 지녔으나
스트레스를 주는 말들―만기일, 쪽지 시험,
기말고사, 평가, 방침, 보안코드, 위원회 회의 의제.

　　나는 땅에 관한 말들을 할 때면 기분이
나아진다―**이슬, 꽃봉오리, 비, 벌, 바람, 오솔길,
습지, 강, 달**.

　　땅의 말들은 고난이나 위험에 관한 것이라
해도(**가시, 송곳니, 추위**), **디지털 템플릿**이나
전략계획만큼 아프게 파고들지는 않는다.

　　우리의 삶에는 상처를 주는 말들이 가득하다.
전쟁, 테러리스트, 소멸. 그리고 학교 자체도
'**아군을 끌어모아**', '**지뢰밭에 발을 들여**', '**문제를
공략**' 같은 말들로 군대화된 듯하다.

　　로버트 맥팔레인은『옥스퍼드 어린이
사전』에서 **도토리, 미나리아재비, 개암나무,
왜가리, 감로수, 수달, 물총새** 같은 단어들이
누락되었다는 사실에 주목했다. 사전편집자들은
첨부attachment, **블로그**blog, **글머리 기호**bullet

point, **명사**celebrity, **음성메시지**voicemail 같은 단어를 추가하기 위해 그 단어들을 빼야만 했다고 설명했다.[*]

우리는 땅과의 전쟁을 벌이고 있다—파고, 뚫고, 갈고, 오염시키고, "개발한다". 우리의 행위는 도처에서 에덴을 멍들게 하고, 우리의 비자연적인 언어는 인간성을 멍들게 한다. 그와는 대조적으로, 나는 하와이어 사전을 훑어보며 나 자신의 빈곤함을 깨닫는다. 그 언어는 **비, 가랑비, 폭우**로 한정되지 않기 때문이다. 하와이 사람들은 비에 관해 무수한 애정 어린 말들을 지녔다. **비**(신들의 장식), **고운 이슬비**(많은 사랑을 받는), **슬픔의 쓴 비, 무지개색 비, 가볍게 움직이는 비**, 달 **무지개**("anuenue kau po") 등.

언어의 특수성은 촘촘한 야생 그물망 안의 상세한 것들을 면밀히 보게 한다. 정확한 말들이

* 로버트 맥팔레인은 어린이 사전에서 누락된 단어들을 모은 그림책 『잃어버린 단어들』을 펴낸다.

없다면 풍경은 성에 낀 유리창으로 비스듬히
바라보는 흐릿한 아름다움으로 축소될 것이다.

『도덕경』은 자연이 인간의 행동 지침이 된다고
말한다. "살아 있는 식물은 유연하고 죽은 식물은
시든다. 따라서 유연함은 삶의 속성이고 경직됨은
죽음의 속성이다." 고대 영어 「격언 시」에도
이와 비슷한, 인간은 강과 얼음, 물웅덩이에서
맴도는 송어, 계절에 따른 날씨와 분위기의 작용에
대한 이해 없이는 번영을 누릴 수 없다는 인식을
담은 구절이 있다. **서리는 숲을 얼리고, 불은
숲을 녹이네.**[*] 이 구절에 함축된 의미는 다음과
같다―차가운 분위기는 인간의 교류를 구속하나,
따뜻함은 우리를 해방시킨다.

우리는 무언가 **진실하다**true고 말할 때 그
단어의 뿌리가 **나무**tree, **휴전**truce과 유사하다는
걸 안다. 우리는 나무의 한결같은 성격과 유연한

---

[*]　Forst sceal freosan, fyr wudu meltan(Frost shall freeze, fire melt wood).

정신에서 진정한 삶을 배울 수 있다. 이러한 사실을
깨달을 때 훼손되기 쉬운 땅과의 긴 전쟁을 벌여온
우리는 비로소 평화로운 공존을 시작할 수 있을
것이다.

　　나무가 바구니를 엮고, 밀물이 포말을 일으키며
해변을 따라 뜨개질을 해놓고, 달이 연필로
그림자를 그리듯 우리도 저마다 소박한 형태로
땅의 시를 쓸 수 있을 것이다. 우리의 마음에 가장
깊은 울림을 주는 풍경 속 특정한 장소들에서
어휘를 취하고, 관찰과 축복의 전통을 통해 많은
것을 알게 된다면, 저마다의 특별한 장소의 최면에
걸려 글을 쓰고 땅으로 충만한 인식의 정원에
머물게 될 것이다. 우리는 날마다 회복력을 되찾기
위해 자연의 장소들에서 어휘를 그러모아, 마음을
치유해줄 주문을 정제해내야 한다.

킴 스태퍼드

십여 권의 책을 냈으며, 최근작은 시집 『멀리서 온 가수』(2021)이다.
루이스&클라크칼리지에서 40년간 글쓰기를 가르쳤고, 2020년에
은퇴한 후 인간 정신의 함양을 위한 가르침과 여행을 하고 있다.

'서리는 숲을 얼리고,

불은 숲을 녹이네.'

차가운 분위기는

인간의 교류를 구속하나,

따뜻함은 우리를 해방시킨다.

로키산의 노장들,
브리슬콘소나무를 찾아서

데이비드 해스컬

+ 데이비드 해스컬, 〈기후와 시간의 반항자 브리슬콘소나무*Il pino dai coni setolosi. L'albero che sfida clima e tempo*〉,《라테투라》43권, 2018, 14-16.

브리슬콘소나무는 가능성의 가장자리에서 산다. 그 뒤틀린 나무들은 경계에 선 보초들이다. 그 나무들 위 잔돌로 이루어진 비탈에는 이끼와 아주 작은 꽃들만 보인다.

나의 폐는 헐떡거리며 희박한 산소를 움켜쥔다. 콜로라도 걸라이어스산山은 한여름에도 기온이 영하에 가깝다. 바람이 불면 어찌나 거세게 나를 때리는지 비틀거리게 된다. 인간의 몸은 그러한 극한에 걸맞지 않다.

그러나 '극한'은 주관적 판단이다. 브리슬콘소나무들에겐 이곳이 집이기 때문이다. 그들은 산의 리듬과 본질을 몸으로 받아들였다. 그들의 가지는 다른 소나무들처럼 길고 단순한 곡선을 그리며 뻗어 있지 않다. 모든 가지가 한데 엉키고 뒤틀려, 바람과 눈과 나눈 대화들의 일그러진 기억으로 남았다. 그 나무들은 탁월풍을 피해 기울었고, 나뭇가지들은 깃발처럼 휘날린다.

나무의 기하학은 나무껍질이 번개에 찢기고 뜯긴 부분에서 특히 분명하게 보인다. 소나무

안에서 섬유조직들이 휘돌며 춤을 춘다. 송진이
이 소용돌이무늬들을 호박색과 티크teak색으로
이루어진 다양한 색조로 물들인다. 바깥쪽은
햇빛에 회색으로 표백되었다. 최근에 맞은 번개로
생긴 생생한 상처들에는 하늘의 힘이 지나간 길을
나타내는 검은 고랑이 있다.

바람도 솔잎과 가지라는 물질적 특성에
흔적을 남긴다. 손가락 길이의 솔잎들은 햇빛과
바람으로부터 스스로를 보호하기 위해 두툼한 밀랍
옷을 입고서 다섯 개씩 모여 다발을 이룬다. 각각의
다발은 철사처럼 빳빳하다. 이 굽힐 줄 모르는
다발들 사이로 바람이 지나가면 공기가 찢기며 쉭쉭
소리를 낸다. 완강한 솔잎과는 대조적으로 잔가지는
고무로 만들어진 듯 탄력적이다. 오랜 세월 눈의
무게와 강풍을 견디면서 억센 잎과 탄력적인 가지를
지닌 나무로 진화한 것이다.

쓰러진 나무들이 이곳에선 수천 년을 간다.
산꼭대기는 거의 일 년 내내 얼어 있고, 여름이면
강렬한 햇빛과 바람이 초목을 말린다. 곰팡이와

박테리아가 번성할 수 없는 환경이다. 산 나무들과 죽은 나무들 속 나이테를 세어보면 콜로라도 브리슬콘 숲에서 가장 늙은 고목은 2100살은 먹었음을 알 수 있다. 1000년을 산 나무들도 몇 그루 있다. '젊은' 나무들도 17세기, 18세기에 태어났다.

1830년대와 1840년대에 생긴 나이테들은 추운 겨울과 늦봄까지 이어진 결빙으로 생긴 기형들을 보인다. 그 시기에는 장티푸스와 콜레라가 창궐하여 많은 들소들과 사람들이 목숨을 잃기도 했다. 나무들은 잊지 않는다. 그 겨울들을 몸에 새긴다. 나이테는 화재 후 재생의 이야기를 들려주기도 한다. 1625년과 1700년, 1900년에 화재가 이 나무들을 휩쓸어 동시적 발아와 성장을 유발했다.

이 나무들은 어떻게 이리 오래 살까? 열대우림이나 습윤 삼림지대 나무들과는 달리 브리슬콘소나무는 대개 곰팡이의 공격을 받지 않고 자란다. 하지만 느린 부패 속도는 답의 일부일 뿐이다. 브리슬콘소나무 자체의 리듬도 장수를 가능하게 한다. 모든 잎이 15년은 산다. 묘목이 작은 나무로 자라는 데 한 세기는 걸릴 것이다. 브리슬콘소나무의 느긋한 성장과 생리작용은 짧은 생장 기간에 적응한 것이다. 땅에 언 얼음이 녹고 기온이 영상으로 오르는 시기는 해마다 6주에서 8주 정도밖에 되지 않는다.

브리슬콘소나무는 '긴 시간'을 산다. 하지만 어쩌면 그건 틀린 말인지도 모른다. 이 나무들은 긴 시간을 사는 것이 아니라 다른 시간을 산다. 모든 생명체는 자신만의 리듬을 가지고 있다.

나무들과 바위들 사이에서 피어나는 야생화들은 땅 위로 1, 2센티미터밖에 올라오지 않는다. 하지만 이 작디작은 꽃들의 뿌리는 바위틈으로 1미터 이상 뻗어나간다. 수명도 짧고 연약해 보이는 것이 사실은 수십 년, 수백 년을 살고 있다.

노랑턱멧새 한 마리가 소나무 꼭대기에서 노래하다가 버드나무 덤불로 날아간다. 나는 그 노래의 음조 변화를 파악하기엔 신경이 너무 둔하다. 높은 체온에서 힘을 얻는 새의 신경도 다른 시간을 산다. 우리의 피부와 나무 주위의 땅에 사는 미생물들도 저마다의 시간에 따라 존재한다. 인간의 하루라는 시간 동안에 미생물들은 수십 세대가 지나갈 수도 있다.

브리슬콘소나무의 뿌리는 14억 년 전 지구 표면으로 흘러나온 마그마로 인해 형성된 바위들 속으로 구불구불 뻗어 있다. 산의 회색 암석은 불가해한 지질연대의 기념물이다. 10억 번의 겨울, 100억 번의 초승달, 1000조 번의 세포분열이 이 산을 만들었다.

세상의 어느 곳이든 수천 개의, 아니 어쩌면 수백만 개의 시간들이 공존한다. 땅은 우리에게 인간의 시간에서 벗어나 우리의 삶과는 다른 박자에 대한 상상력을 펼쳐보라고 외친다.

데이비드 해스컬

수상작 『보이지 않는 숲』(2012)과 『나무들의 노래』(2017)의 저자이다. 그의 작품은 자연계에 대한 과학적, 문학적, 사색적인 탐구들을 담고 있다. 테네시주 스와니에 위치한 사우스대학교에서 생물환경학 교수로 재직 중이다.

브리슬콘소나무는

긴 시간을 사는 것이 아니라

다른 시간을 산다.

모든 생명체는

자신만의 리듬을 가지고 있다.

자연의 무심함 속에
사는 영광

후안 마이클 포터 2세

과감히 야외로 나갈 때마다 계층이나 겉모습에 개의치 않고 철벅거리며 개울을 건너고, 바위에 기어오르고 싶은 순수한 열정이 되살아난다. 예의와 인종이라는 제약에 지배되는, 뉴욕시라는 콘크리트 정글에서는 결코 가까이할 수 없었던 자유다.

자연 안에서는 모든 나무의 가지들과 한가로이 굴러다니는 조약돌까지도 나와 하나가 된다. 이 창조물들은 내가 성공적으로 나아가든 장애물을 만나 휘청거리든 무심한 태도로 나를 존중해준다. 만일 내가 바위 위에서 균형을 유지할 수 있다면 그 바위는 내 무게를 견딜 것이다. 내가 여울을 건너다 미끄러지면 물은 나를 위로하지도, 나의 앞길을 방해하지도 않을 것이다. 아무런 저의 없이 기다리며, 내가 계속해서 전진하기를, 그리고 개울 속으로 녹아들기를 공평하게 열망할 것이다.

종말의 가능성조차 내게 용기를 북돋워준다. 재난이 일어나도 나무들은 사태에 개입하여 어떤 쪽으로든 상황을 바꾸려 하지 않을 것이다. 나는 솔방울이나 벌보다 위대한 존재로 여겨지지 않는다.

무슨 일이 일어날지는 나와 운명 사이의 문제다. 나를 필요로 하지도 보살피지도 않으면서 내가 이룰 수 있는 건 무엇이든 환영해주는 세계에 산다는 것, 그것이 바로 자유의 완벽한 본보기다.

나는 야외가 제공하는 이러한 익명성을 즐긴다. 자연은 나의 욕망이나 역사를 고려하지 않으면서도 집에서 나를 기다리고 있는 내 마음의 짐들을 가벼이 해준다. 사람들이 나를 어떤 식으로 규정하든, 자연은 나를 있는 그대로의 모습으로 보아주고 또 환영해준다.

훼손되지 않은 아름다움을 지닌 세계에서 자유롭게 호흡하고 싶은 유혹은, 흑인 남자에 대한 두려움 그 너머를 보길 거부하는 사람들로 인해 부단히 도전받는다. 그들의 사회는 내가 존재 그 자체만으로 커다란 해악을 끼칠 것이라고 가르쳐왔다. 위험천만한 바위 턱을 빙 둘러 가거나 가파른 경사면을 오른 후 숨을 돌리기 위해 걸음을 멈출 때 만나는 그들은, 목가적인 휴양지에서 나를 발견하게 되리라곤 예상하지 못한 것처럼 보인다.

나도 그들과 같이 똑같은 구원을 누릴 자격이
있는데도 말이다.

광대무변한 야외라는 그들의 멋진 풍경 속에 내
자리는 없다.

내가 자연의 질서에 가장 감사할 때는 그런
숨 막히는 만남 후다. 자연은 어느 편도 들지
않는다. 그보다는 숨 막히는 인종차별주의의
독기를 뚫고 눈부신 경치로 나아가는 길이 되어,
자신의 고통을 버릴 용기를 지닌 사람을 인도한다.
나를 적대시하는 사람들에게도 자연은 같은 것을
제공한다. 이를 받아들일지 말지는 그들과 그들이
믿는 신 사이의 문제이며, 자연은 어느 편도 들지
않는다.

나의 도전은 사람들이 내 목에 채우려 하는,
보이지 않는 족쇄 너머를 보는 것이다. 그들이 나를
보지 않으려 할 때에도 자연은 나를 볼 수 있다는 그
자체만으로 충분하다는 사실을 받아들이는 것이다.
자연은 나를 보호할 수 없지만 그 아낌없는 혜택에
대한 나의 신성한 권리를 거부하지도 않을 것이다.

그리고 나는 자연의 치유적인 무심함 속에서 진정한 나로 존재하는 것이 내가 무슨 일이 있어도 포기할 수 없는 영광스런 평화임을 알기에, 해마다 새로이 넘을 정상을 찾아 나선다.

후안 마이클 포터 2세

흑인들의 삶, 미디어 비평, 에이즈 환자 옹호의 교차점에 전념하는
문화예술 저널리스트이다. 전미비평가협회 특별회원이자
미국연극비평가협회 회원으로《바디》,《바디프로》,《워싱턴 포스트》,
《SYFY 와이어》,《옵저버》,《TDF 스테이지스》,《타임 아웃 뉴욕》,
《아메리칸 시어터》,《컬러라인스》,《AMC 아웃도어스》,《안티레이시즘
데일리》,《에스뉴스》,《허프포스트》,《브로드웨이 월드》,《발레 리뷰》에
글을 썼다.

자연은 어느 편도
들지 않는다.
그보다는 눈부신 경치로
나아가는 길이 되어,
자신의 고통을 버릴
용기를 지닌
사람을 인도한다.

한 방울의 물이 비구름이 된다는 것, 루미부터 에머슨까지

알리레자 타그다라

+ 씨앗을 별로 만들어준 멘토인 월리스 코프먼과 로버트 D.
리처드슨을 위하여.

어린 시절 아버지로부터 루미의 시집 『마스나비*Masnavi*』를 받았다. 에머슨적인 사상이 충만한 시집이었다. "낙수받이의 물이 되지 말고 하늘이 되어라, 구름과 비가 되어라." 루미는 미국 초절주의*의 길을 닦았다. 나는 루미를 향한 애정으로 에머슨의 『자연』을 페르시아어로 번역해보겠다는 뜨거운 열정을 품었고, 1년 넘게 이 작품을 세심하게 연구하고 분석했다. 1836년에 나온 원본은 내겐 너무 어려워서 부끄럽게도 번역을 포기하겠다는 결심을 한 적도 있었다. 그때 에머슨 연구가인 로버트 D. 리처드슨은 번역을 계속 진행할 수 있도록 용기를 주었다. 그는 내게, 랠프 월도 에머슨은 미국과 이란의 문화를 연결할 최고의 인물이라고 말했다.

맹목적인 모방이 미덕이라 불리고, 개인이 소비지상주의와 종교적 편협성, 프로파간다의

---

* 19세기 중엽 미국에서 일어난 관념론적 입장의 철학 운동. 에머슨, 시어도어 파커 등이 대표자이다.

희생물이 되는 세상에서도 에머슨의 『자연』은
여전히 새로운 독자들의 영혼을 구원할 것이다.
그의 말은 자신의 눈으로 세상을 새롭게 보고, 다른
사람들의 지시에서 자유로워지길 권유한다.

　　에머슨의 『자연』에서 고독은 우주를 끌어안기
위한 필요조건이다. "혼자가 되려면 별들을 보라.
천상의 세계에서 오는 그 빛들은 우리가 접촉하는
것들로부터 우리를 분리시켜줄 것이다." 에머슨은
독자들이 접촉하는 것들, 독자들을 제한하는
것들로부터 그들을 분리시켜, 그들의 지평을
넓히고, 언어, 전통, 종교, 정치가 분열을 야기하지
않는 팽창 일로의 세계에 연결시킨다. 나의 조상
루미로부터 미국 초절주의로 향하는 여정에서
나는 이란과 미국 문화의 많은 유사점을 발견했다.
"너는 대양의 물 한 방울이 아니라 한 방울의 물
속 대양이다"라고 말하는 루미는 에머슨과 유사한
방식으로 개별 존재의 세계를 확장시킨다. 에머슨이
고독 속에서 별들로 나아간 것처럼 루미는 대양에
접근한다.

은하계는 개개의 별들의 집합체일 뿐이다. 에머슨은 별과 같은 고독 속에서 인류가 하나인 이유를 발견한다. 그는 우리에게 어휘와 은유, 직유를 제공해주는 자연 속에 모든 언어들의 뿌리가 있음을 보여준다.

에머슨은 독자들에게 보상과 처벌을 강조하는 거래적 교리를 초월하라고 권유한다. 아브라함의 종교는 아담과 이브가 죄를 지어 낙원에서 추방되었다고 믿는다. 이 종교들의 많은 추종자들은 회개를 통해 낙원으로 돌아가려는 엄격한 목표를 지니고 있다. 하지만 에머슨은 많은 페르시아 신비주의자들처럼 우리가 스스로 낙원을 창조해야만 한다고 믿는다. "모든 영혼은 스스로의 집을 지으며, 그 집 너머에 세상이 있고, 그 세상 너머에 천국이 있다." 낙원은 매혹적이다. 그런데 왜 더 높이 날지 않는가?

에머슨이 꿈꾸는 세계에서 우리는 빛을 함께 나누는 개개 별들의 은하계다. 루미의 세계에서 우리는 한 방울의 물인 동시에 대양이다. 세상

사람들은 이러한 시의 창공에서 서로 만날 수
있다. 『자연』을 읽고 나면, 독자들은 자신이 보다
광대하고 확장된 우주와 고독을 나누고 있음을
발견하게 될 것이다.

알리레자 타그다라

이란의 테헤란에 살고 있으며, 2015년 7월 미국행이 그의 첫
해외여행이었다. 그는 월든 우즈의 소로 학회에서 『월든』의 첫
페르시아어 번역본을 내놓기까지 10년간의 헌신과, 에머슨의 『자연』을
번역하게 된 경위에 대해 연설했다. 그는 소로-에머슨 시대와, 페르시아
고전 시인들과 현대 시인들 사이의 연관성에 대해 이야기했다. 영미
영화들과 TV를 보면서, 이란 문화혁명 이후에는 지난 영자 신문들과
잡지들을 읽으며 영어를 배웠다.

바닷가에서 파도와
포말에 기대어

벳시 솔

어릴 적 풍경은 세계에 형상을 부여하고 감정적, 정신적인 근원이 되는 마음의 지리이자 정신의 지도라는 생각을 자주 한다. 그 풍경은 뉴욕의 콘크리트 정글일 수도 있고, 애팔래치아산맥일 수도 있다. 나에게는 1950년대와 1960년대에 성장기를 보냈던 뉴저지 해안이다. 나는 해안에서 3.2킬로미터 정도 떨어진 곳에서 자랐다. 강, 습지, 만, 그리고 맨톨로킹 다리를 건너면 반짝이는 망망대해가 펼쳐치던 곳. 월트 휘트먼의 말처럼 "고체와 액체의 결합"으로 경계는 희미해지고 경직성은 누그러지는, 그곳의 땅은 어디든 물과 닿아 있었다. 자매들과 함께 해변에 서 있노라면 밀려드는 파도가 우리 발 아래 모래를 쓸어갔다. 우리는 하늘과 바다가 서로 합쳐지는 듯한 넘실대는 수평선을 바라보았다. 우리 자신을 뒤에 남겨둔 채 그 눈부신 빛 속으로 들어갈 수 있기라도 하듯 우리는 늦은 오후의 태양을 향해 긴 해변을 걸었다.

물론 다른 현실도 존재했다. 여름이면 공공해수욕장에 사람들이 우글거려서 누군가의

담요에 모래를 차올리는 실례를 피할 수 없었다.
해변 사유지에는 출입 금지 팻말이 즐비해서 그
지역 주민들인 우리는 밀려난 기분을 느끼며
분개하기도 했다. 하지만 만조선까지는 공공의
영역이라 자유로이 즐길 수 있었다. 우리는 늘
세상사를 등지고 물가에 서서 탁 트인 광대하고
신비로운 수평선을 바라보았다. 그 바다는 우리의
한계를 보여주고 무한한 것, 다른 것에 대한 비전을
갖게 했다. 물론 이제는 우리가 어떻게 경계를
침범했는지도 보여준다. 어렸을 때는 낭만적으로
보였던 것들―잔해가 이룬 길 걷기, 긴 밧줄 사리
같은 먼 난파의 흔적들 발견하기―이 이제는
우리의 바다가 얼마나 큰 위기에 처했는지를
상기시킨다.

　　바다는 깨진 것을 아름답게 만드는 재주가
있다. 소용돌이 모양 내부를 드러낸 앵무조개,
민무늬백합의 자줏빛 파편들, 소금물에 절은
유리, 그리고 사람들도 마찬가지다. 고등학교
시절 내 남자친구는 시내에 살았을 때 친했다던

친구를 만나는 자리에 나를 데려간 적이 있다.
그 친구의 여자친구는 임신을 해서 열여섯 살에
아기를 낳았다고 했다. 당시에는 부모들이
대개 수치스러워하거나 거부반응을 보이게
마련이었지만, 오히려 도와주겠다고 하셨고,
덕분에 그들은 검정고시로 고졸학력인증서를 받을
수 있었다. 우리는 축하하기 위해 모두 바닷가로
모였다. 십 대 부모와 아기, 양가 부모들이 서로의
등에 선크림을 발라주고, 아기에게 햇빛 차단
모자를 씌우고, 샌드위치와 포도, 음료수를
꺼내 놓느라 분주했다. 가정사에 문제가 있던 내
남자친구는 말했다. "이보다 더 소중한 게 있을까?"
　　물론 그 부모들이 관대하고 현실적인 태도와
자식에 대한 사랑으로 실망을 딛고, 그들을 새
삶으로 이끌어주도록 만든 건 그 해변이 아니었다.
하지만 해변이 그들을 그곳으로 이끈 덕에 우리는
그런 관대함을 목격할 수 있었다. 그 해변은 나의
정신적 삶의 기틀이 되었다. 마음을 어지럽히는
고민거리들과 옹졸함에서 벗어나 절대적인 미지의

세계, 늘 우리를 관대함으로 이끄는, 내가 신성한
사랑이라고 부르는 더 큰 생명력에 굴복하기를
원하는 나의 정신적 염원은 바로 이 마음의
지리에서 나온다.

벳시 솔

뉴저지 해안에서 자랐으며, 30년 동안 메인주 포틀랜드에서 살고 있다.
아홉 권의 시집을 냈고 최근작은 『참새들의 집』(2019)이며, 2006년부터
2011년까지 메인주 계관시인을 역임했다. 버몬트예술대학 글쓰기
프로그램 석사과정에서 시를 가르치고 있다.

바다는
우리의 한계를 보여주고
무한한 것,
다른 것에 대한
비전을 갖게 했다.

코로나와
늦겨울의 연못 수영

윌리엄 파워스

3월의 어느 날, 나는 집에서 멀지 않은 연못으로
차를 몰고 간다. 연못 기슭에 짧은 앞치마처럼
둘러진 얼음을 맨발로 우지직우지직 밟으며 옷을
벗고 물에 뛰어든다. 따뜻한 계절에 이 연못을 즐겨
찾지만 왜 늦겨울의 유난히 쓸쓸한 날 여기에 와서
수영을 하게 되었는지는 잘 모른다. 나는 늘 팔을
젓는 횟수, 즉 스트로크 수를 꼼꼼히 세는데 그건
어린 시절 강박적 충동과의 싸움이 남긴 잔재다.
나는 공황상태에 빠질 때까지 수영을 한다. 처음엔
딱 열 번의 스트로크.

　어찌 보면 이상한 행동이다. 나에겐 실내
수영이 익숙하지만 코로나 팬데믹으로 인해
수영장이 문을 닫았다. 야외 수영은 훈훈한
실내에서 레인을 도는 것과는 사뭇 다르다. 하지만
나는 계속한다. 찬바람이 불어 연못에 흰 파도가
일면 정말로 마음을 단단히 먹어야 물에 뛰어들 수
있다.

　스트로크 횟수가 점차 늘어간다. 30번, 50번,
100번, 200번. 기슭에서 멀리 나아가면 수심이 매우

깊어지고, 눈을 뜨고 아래를 보면 몹시 어둡다. 어느 순간 사방에서 한기가 밀려들고 뇌에서 생존 경보가 울린다. 급히 기슭으로 돌아가 허겁지겁 옷을 입는다.

따뜻한 물에서 수영을 할 때는 절대 느껴본 적이 없었던 체험을 하게 된다. 그건 내가 지워지거나 축소되는 느낌이었다. 이 질병과 격리의 시대에 삶을 헤쳐 가는 건 육체가 아닌 정신인 듯하다. 우리의 정신은 전자 네트워크와 가상 플랫폼을 바삐 돌아다니며 너무도 많은 시간을 보낸다. 어쩌면 그게 내가 수영을 하는 이유일지도 모르겠다. 허공에서의 허우적거림을 수영을 통해 벗어나고 있는 것인지도 모른다.

정신은 친구라기보다는 적으로 느껴질 때가 많다. 안 그런가? 정신으로부터 벗어나기 위해 육체적 활동을 해야만 한다는 것이, 오직 팔다리와 폐로 이 혹독한 매개물을 헤치고 나아가도록 만든 부분적 원인이 된 건 분명하다. 세계적인 위기로 내가 사는 소도시에까지 걱정과 공포가 가득 찼을 때 나의 연못 수영 의식이 시작된 건 우연이 아니다. 그건 내가 오래전부터 갈망해온 일이었다. 그러다 마침 집에 갇혀 지내다 보니 그 갈망을 본격적으로 추구할 시간과 자유가 생긴 것이다.

5월 말쯤 되자 두 가지 현상이 일어났다. 물이 따뜻해지면서 나는 스스로를 격려하고 결의를 다질 필요가 없게 되었다. 그리고 다른 사람들이 수영을 하러 왔다. 몹시도 편안하고 우아하게 연못으로 미끄러져 들어가는 그들을 지켜보고 있노라면—물은 아무리 볼품없는 사람이라도 발레 요정처럼 만들어줄 수 있다—작은 변신을 목격하는 듯 불가사의한 기분이 든다. 그들과 합류하는 건 어찌 보면 집으로 돌아가는 일과도 같다. 코로나바이러스가 물러나고, 봄이 오고, 오랫동안 너무나도 위협적이고 까다로운 요소였던 물이 꼭 옛 친구처럼 보인다.

하지만 상실감도 없지 않다. 나는 몇 주 동안 다가가던 목적지에 결국 도달하지 못했고, 얼음장 같은 물에서 늘 50회 스트로크쯤 떨어져 있던

망각이 이제는 그곳에 없다. 내가 생각하기에
망각은 이상한 목표다. 그리고 그걸 그토록
오랫동안 추구해온 것, 스스로를 혹독하게
몰아붙이며 그 목표에 도달하기 위해 애써온 것은
더더욱 이상하다. 하지만 나는 그것을 그리워한다.

윌리엄 파워스

작가이자 최신 과학기술 전문가로 《뉴욕 타임스》 베스트셀러 『햄릿의 블랙베리: 디지털 시대에 좋은 삶 만들기』(2010)를 썼다. 지난 6년간 MIT 미디어랩에서 인공지능 연구에 참여했으며, 베를린 '인간과 기계 센터'에서 객원연구원으로 휴먼테크놀로지 관련 연구를 하고 있다. 케이프 코드에 산다.

'기억'이라는 지리

아키코 부시

장소감은 천천히 시간을 들여 형성되며, 조각조각 단편적으로 다가오는 습득의 과정이다. 우리 뉴욕주 허드슨 밸리 지역이 가진 것들—지질과 토양, 지표면, 수자원, 야생동물 서식지—의 목록을 문서로 기록하는 천연자원조사서를 작성하다 보니 새삼 그런 생각이 든다. 이 문서는 녹지계획에 활용될 예정이며, 기타 다양한 지역 계획들과 정책들에도 반영될 것이다. 또한 문서는 대수층과 범람원, 농업지구, 숲 사이를 연결하여 이주종migrating species들의 이동통로가 되는 하천 서식지뿐만 아니라, 옛 채석장이나 능선 위에 높이 자리한 화재감시탑 같은 주요 지형지물도 포함한다.

나는 지리정보시스템 기본도를 다운로드해 놓았다. 이 기본도의 토지와 공간 정보는 지형과 토지이용의 양식 및 관계를 포착해낸다. 이를테면, 나는 이 지도에서 내가 종종 사슴을 발견하고—곰도 두 번 만나고, 심지어 붉은스라소니도 한 번 만났다—속도를 늦추던 도로가, 울창한 두 숲을 연결하는 야생동물 이동통로를 꼬불꼬불 지나고

있는 걸 본다. 하지만 이 지도는 업데이트와 수정이
필요하다. 클로버산 정상에 있는 화재감시탑에
이르는 산길은 예전엔 지역 주민들이 소중히 여기던
공용 등산로였지만 이제는 사유지가 되었고,
몇 년 전 이동전화기지국이 생긴 후로 접근이
제한되었다. 나는 점선으로 표시된 습지를 마우스
커서로 따라가지만 분명 그 습지는 지도에 표시된
것보다 넓다. 그리고 우리 골짜기를 지나는 도로
몇 개는 확인이 필요하다. 명암으로 표시된 지형
변화에 내가 알지 못했던 오르막이 보인다. 내가
사는 곳 바로 길 아래에 있어야 하는 연못인 파란색
얼룩으로 커서를 옮겨보지만, 하천이 유입되는 그
연못은 지난 6월에 둑이 무너지는 바람에 가느다란
개울로 나뉜 관목과 풀의 숲으로 바뀌었다. 그래도
연못의 역사적인 네덜란드식 이름은 이 작은
골짜기의 지나간 시절을 상기시키기에 그대로 두는
편이 현명한 일인지도 모르겠다. 브리드 연못은
이제 브리드 초원으로 불리게 될 수도 있다.
　　나는 기본도에 데이터를 레이어링layering하는

작업이 장소가 시간을 두고 기억에 새겨지는 방식을 모방한 것임을 안다. 보다 덧없는 인간 기억의 지리는 그 자체의 레이어링, 그 자체의 타이포그래피, 우리의 장소감을 형성하는 이미지와 글자에 의존한다. 30여 년 전 우리가 이곳으로 이사 온 날부터 길 아래 건초밭 가장자리에 높이 솟은 플라타너스는 내 마음에 볼드체로 각인되었고, 내가 어느 여름에 수영을 했던 프레이 연못은 이탤릭체로 쓰였다.

하지만 다른 이름들은 보다 즉흥적인 그라피티로 휘갈겨졌다. 겨울이면 폐쇄되는 산 위의 비포장도로, 한때는 목초지였던 숲 사이로 구불구불 이어진 해묵은 돌담, 10년 전 중력과 비바람에 굴복한 불안정한 곡물창고, 나무 꼭대기에 잔가지와 막대기와 잎으로 궁전을 지어 독수리 무리의 귀환을 알리는 스트로브잣나무 숲. 우리 집 부엌문 밖 땅이 살짝 팬 부분은 한때 육중한 참꽃단풍나무가 서 있던 자리다. 병들고 곰팡이에 뒤덮여 쓰러진 지 20년이 지났건만 땅속에 묻힌 뿌리가 썩어서 그

위의 땅이 꺼진 것이다.

　나는 디지털 지도건 인식의 지도건, 이 지도들이 연대표 역할도 한다는 사실이 가치를 지니리라 생각한다. 영국 작가 로버트 맥팔레인은 저서 『랜드마크*Landmarks*』에서 네 가지 방식으로 이루어지는 풍경의 상실에 대해 이야기하는데, 바로 아름다움의 상실, 자유의 상실, 야생동물과 식물의 상실, 의미의 상실이다. 그중 마지막 것이 가장 붙잡기 어려운 이유는 아마도 우리가 장소에서 의미를 찾는 행위기 날, 월, 해를 측정힐 수 있게 해주는 저 덧없는 프로토콜과 관련되어 있기 때문일 것이다.

　나는 반세기 전에는 목초지였던 숲을, 지난 6월까지는 연못이었던 초원을, 한때 단풍나무가 서 있었던 움푹 팬 땅을 생각한다. 우리 인간에겐 사물을 통해 자신의 위치를 찾는 습성이 뿌리박혀 있다. 천문항법을 이용하여 물 위에서 카누를 타고 가건, 지형도나 위성영상을 따르건, 우리에게는 정확하고 효율적인 내비게이션 시스템을

만들어내는 것이 필수적이다. 그러나 우리가
스스로를 스크린의 중심에서 깜빡거리는 점dot,
맥동하는 즉시성을 지닌 그 점으로 바라보기 쉬운
이 시대에, 우리의 위치 찾기가 현재 남아 있는
것들뿐 아니라 과거에 존재했던 것들과도 밀접한
관련이 있음을 기억해둔다면 도움이 될 것이다.

아키코 부시

『사라지는 법: 투명성의 시대 속 불투명에 대한 노트』(2019)의 저자.
그 전에 펴낸 에세이집으로는 『고향의 지리』(1999), 『흔한 것들의
흔하지 않은 삶』(2004), 『강을 건너는 아홉 가지 방법』(2007), 『이차적
조력자』(2013)가 있다. 《메트로폴리스》지 객원편집자로 20년간 일했고,
적어도 1년에 한 번은 허드슨강을 수영하여 횡단한다.

새들의 야간 비행

킴벌리 리들리

+ 킴벌리 리들리, 〈보이지 않는 새들의 강 *An Invisible River of Birds*〉, 《크리스천 사이언스 모니터》, 2015.10.14. (첫 발표)

밤 10시, 잠자리에 들 시간이지만 잠이 오지
않는다. 이 선선한 가을밤에 무언가가 나를 밖으로
끌어낸다. 나는 침대에서 일어나 오리털 침낭을
챙겨 들고 뒤뜰로 나가 해먹에 눕는다.

　목성이 들판 가장자리 가문비나무의 검은 윤곽
위에서 어슴푸레 빛난다. 별자리들이 희미하게
반짝이고 은하수가 하늘을 가로질러 흐른다.
사시나무 잎들이 산들바람에 바스스 떨더니 이내
사위가 고요해진다.

　나는 시원한 여름 저녁 해먹에 누워, 어스름
속에서 회색청개구리와 스웨인슨지빠귀의 노래를
들으며 반딧불이들을 지켜보다가 모기에 쫓겨
안으로 들어가곤 했다. 지금이라면 그 모기들이
반가울 것이다. 여름을 되돌릴 수 있는 모든 것들,
그 길고 빛나던 낮, 활짝 핀 작약, 새들이 가득한
숲과 들판이 반가울 것이다. 나는 추위와 어둠이
짙어져가는 긴 계절이, 잎이 떨어진 나무들과
미끄러운 눈길, 끝을 모르는 메인주의 겨울이
두렵다.

117　킴벌리 리들리
　　Kimberly Ridley

"쩩?"

작은 고음이 정적에 새김눈을 낸다. 나는 침낭에서 일어나 앉는다.

"쩩?" 그 소리가 다시 들린다. "쩩……쩩…쩩." 머리 위에서 들려오는 소리다. 비행 호출. 이 맑고 고요한 밤에 명금류들이 이동하며 어둠 속에서 서로의 존재를 계속해서 확인하기 위해 호출 소리를 내는 것이다. 나는 새들을 볼 수도, 새들의 비행 호출을 식별할 수도 없지만 그들이 저 위에 있다는 걸 안다. 참새, 개똥지빠귀, 콩새, 멧새, 때까치, 휘파람새. 각각의 종들은 저마다 독특한 소리를 내지만 대부분 인간의 귀에는 들리지 않는다. 열심히 귀를 기울여도 하늘 높은 곳에서 나는 새소리의 작은 파편만을 들을 수 있을 뿐이다.

영역 보호와 짝짓기를 위한 풍부하고 요란한 노랫소리들과는 달리, 비행 호출은 간단명료하다. 나는 새들이 나누는 밤의 대화를 상상해본다.

"너 거기 있어?"

"응."

"어디야?"

"여기."

"좋아."

위에 있는 저 모든 새들을 볼 수 있다면 좋겠다. 파랑새, 미국꾀꼬리, 수십 마리의 갈색 줄무늬 노래참새와 보석 빛깔 휘파람새(북부솔새, 검은목녹색솔새, 매그놀리아휘파람새 등) 같은 화려한 명금. 나는 하늘에 손전등을 비춘다. 작고 흰 나방 몇 마리가 빛줄기 속에서 반짝이지만 새는 보이지 않는다. 새들은 아주 높이, 지상 1000피트에서 2000피트 사이를 난다. 내가 진정으로 원하는 건 새들과 함께 열대지방으로 날아가는 것이다.

그건 불가능하므로 나는 여기 지상에 묶인 채 누워서 하늘을 올려다본다. 그리고 어둠 속의 저 모든 새들에 대해 생각한다. 매 초 스무 번씩 날갯짓을 하고, 매 분 그 조그만 심장과 폐를 펄떡여 100번씩 호흡하는 새들.

나는 대부분의 명금이 밤에 이동한다는 사실을 알고 놀랐지만 몇 가지 이유에서 그럴

만도 하다는 생각이 든다. 대개 공기는 밤에 더
잔잔하고, 시원하고, 습하기 때문에 새들이 고된
여정에서 겪을 수 있는 과열과 탈수를 방지하는 데
도움이 되기 때문이다. 또한 밤에 여행하면 낮 동안
이동하는 매 같은 포식자들을 피할 수도 있다.

더욱 놀라운 점은, 새들이 별의 움직임을 몇
가지 비행 보조물 중 하나로 삼는다는 것이다.
천문관에서 실시한 실험에서 과학자들은 철새들이
하늘의 '고정'된 점, 즉 북극성을 중심으로 도는
별들을 보고 가을에는 남쪽으로, 봄에는 북쪽으로
방향을 잡는다는 사실을 증명했다. 과학자들이
천문관의 인공 하늘에서 북극성의 위치를 옮기거나
별자리들의 회전축을 다른 별로 삼자 새들은 그에
따라 방향을 바꾸었다.

"휘이익!" 가녀린 휘파람 소리가 밤공기를
가른다. 내가 아는 소리다. 미국봄청개구리
울음소리 같은 비행 호출음을 내는 스웨인슨지빠귀.
아마도 내가 지난여름에 들었던 지빠귀 소리가
아니라 더 먼 북쪽에서 온 여행자의 것이리라.

잔가지들이 바스락거린다. 잔디밭 가장자리
덤불이 살랑인다. 내 심장이 달음박질치고 상상도
함께 달린다. 나는 오리털 고치 안에서 미동도 않고
어둠 속을 들여다보며 눈에 보이지 않는 미지의
존재와 가벼운 신경전을 벌인다. 몇 분 안에 그
바스락거림이 숲으로 사라진다. 사슴이나 너구리
같은 야생의 이웃이 밤 나들이를 나온 것이리라.

별똥별 하나가 하늘에 줄무늬를 그린다.
별자리들이 이동한다. 밤이 늦어져 침대로 돌아가야
하지만 아직은 아니다. 나는 따스한 침낭 속에서
몸을 웅크린다. 별들은 반짝반짝 빛나고, 보이지
않는 새들의 강이 그 아래로 흐른다.

킴벌리 리들리

에세이스트이자 과학 저술가로, 『비밀 수영장』(2013)과 『익스트림
서바이벌: 시간을 잊은 동물들』(2017)을 위시한 어린이용 자연 도서들로
상을 받았다. 《보스턴 글로브》, 《크리스천 사이언스 모니터》, 《다운
이스트》에 기사와 에세이를 실었으며, 글쓰기와 가르침으로 어린이들과
성인들에게 자연에 대한 사랑을 전파하고 있다. 최근작으로는 『야생
디자인: 자연의 건축가』(2021)와 『비밀 개울』(2021)이 있다.

매 초 스무 번씩

날갯짓을 하고,

매 분 그 조그만

심장과 폐를 펄떡여

100번씩 호흡하는 새들.

어둠 속의

저 모든 새들에 대해

생각한다.

산호초가 부르는
더 깊은 곳으로,
프리다이빙!

폴 베넷

첫 4.5미터의 혼란. 물이 소용돌이친다. 오리발이 날카로운 소리를 내며 수면을 때린다. 귀의 압력이 높아지며 마치 수압이 들리는 것처럼 느껴지면 나는 두 손을 이용해 속도를 낸다. 하지만 바닷속 깊이 들어가면 대부분의 역할은 발차기가 한다.

내가 잠수하여 내려가는 동안 노랑세줄가는돔, 처브, 전갱이가 선명한 떼를 이루어 갑작스럽게 나타난다. 물고기 떼 사이로 지나가면 누군가 젖은 시트를 터는 듯한, 귀를 먹먹하게 하는 쉬익 소리가 물살을 가른다. 햇빛 속에서 어른어른 빛나는 물고기들이 이룬 견고한, 움직이는 벽이 갈라졌다가 다시 나를 둘러싼다. 몇 초 후 물고기들은 위로 사라진다.

5미터 지점에서는 빈 푸름이 이어진다. 물고기도, 아무런 특색도 없이 오로지 수압뿐이다. 내 위로는 거의 대기압의 절반 가까이 되는 수압을 지닌 물이 있다.* 마스크가 죄어온다. 귀가 용서를 구한다. 심장박동이 느려지는 게 느껴지고 물리학이 생물학에 영향을 미친다. 이제 나는 오리발을 천천히, 그러나 힘차게 찬다. 기준으로 삼을 만한 것이 없어 하강 속도를 판단하는 건 불가능하다. 푸름 속에 오직 나뿐이다.

우리의 해양환경 체험에는 대개 초점이 있다. 해변의 파도, 산호초, 물고기, 거북, 혹은 포유동물. 하지만 바다는 고유의 초점을 제공하지 않는다. 나는 가족들과 함께 2만 해리 이상을 항해하면서, 태평양에서 망망대해를 바라보며 그걸 알게 되었다. 각각의 놀은 개성을 지닐 수 있으나, 바다—성난, 청록 빛깔의, 비어 있는, 신과 같은—가 가진 미완의 단일성에 흡수, 통합된다.

그래서 어쩌면 프리다이빙을 하게 된 것인지도 모른다. 프리다이빙은 무거운 장비에 구애받지 않고 다른 세계에 완전히 침잠할 수 있게 한다. 우리를 에워싸고 시간 자체도 느리게 만드는 듯한, 물리법칙이라는 보이지 않는 허리케인을 선명히

* 수심 10미터의 수압은 대기압과 같다.

부각시킨다.

8미터 지점에서 허리에 찬 1킬로그램 무게의 납이 지배력을 보이기 시작한다. 이제 마이너스 부력에 이른 나는 가라앉으며 귀중한 에너지를 아끼기 위해 발차기를 중단할 수 있다. 나의 폐에 달린 미세한 공기주머니, 허파꽈리들이 덜 필사적이 된다. 산호초가 시야에 들어온다. 처음엔 그저 노란 덩어리로 보이다가 점점 선명해진다. 부드럽고 가느다란 산호 능선이 올라와 내 시야에서 사라질 때까지 나와 나란히 움직인다. 지금까지 정확히 20초 잠수했다.

풍구Pungu 물고기가 나의 방문에 호기심을 보이며 휘둥그레진 눈으로 바닥에서 헤엄쳐 올라온다. 여러 마리가 보인다. 작살총이 있다면 한 마리 잡았을 것이다. 이 물고기는 아주 맛이 좋은데, 특히 배의 선미에서 백리향을 조금 곁들여 구워 먹으면 별미다. 하지만 내겐 작살총이 없다. 게다가 산호초가 나를 더 깊은 곳으로 부른다.

거의 15미터 지점에 이른다. 벽에서 튀어나온

둥근 손잡이 모양을 한 산호를 장갑 낀 왼손으로 조심스럽게 잡고 나는 수평으로 떠돈다. 앞에서 초록, 노랑, 그리고 파랑 산호들이 비유클리드적 풍경 속에 뒤섞여 환상적이고 초자연적인 형상들을 이룬다. 부채꼴산호가 구멍을 가로질러 아치를 그린다. 산봉우리 모양의 파비테스 플렉수오사Favites flexuosa. 건축가 노먼 포스터 경의 의뢰를 받기라도 한 듯이 오각형 골들이 새겨진 산호의 둥근 돔이 연단 위에 외로이 서 있다. 밝은 색깔의 물고기들이 그 기하학적 구조 사이를 휙휙 지나간다. 양놀래기, 나비고기, 그리고 파티라도 가듯 빨간 머리와 몽롱하고 환상적인 파란 점들로 치장한 무늬바리. 내 바로 아래 있는 평평한 바위 턱은 짧게 뻗어 나간 후 빈 공간 속으로 떨어진다.

    이제 물에 들어온 지 1분, 내 몸의 화학작용에 무리가 온다. 혼잡한 열차에 끼어 타려고 안간힘을 다하는 지하철 승객들처럼, 용존산소가 좁은 혈관을 힘겹게 통과한다. 하지만 그걸 무시하면 최소한 30초는 더 머물 수 있음을 안다. 이젠 정신의 게임이다. 육체보다 심리의 문제다.

수중 세계는 귀가 먹먹할 정도로 고요하리라
믿는 사람들도 있지만 믿을 수 없을 만큼 요란하다.
산호들이 펑펑, 비늘돔이 오도독오도독 소리를
낸다. 귓속 수압은 한결같은 모노톤으로 울린다.
그리고 사방이 움직임이다. 산호초는 그 너머의
푸름과 대조를 이루는 도시의 아수라장이다. 수중의
자카르타, 혹은 맨해튼 로어이스트사이드 같다.

창꼬치 50마리가 나를 향해 급회전하더니
다시 회전하여 나라는 바위 턱과 나란히 나아간다.
그들은 외계 물체인 나를 조사하고 이빨이 빼곡히
들어찬 부정교합의 입을 벌려 씨익 웃는다. 그러다
번쩍 섬광이 일며 개이빨다랑어가 친구와 함께
창꼬치 떼 사이로 미끄러지듯 헤엄친다. 이들 역시
사냥 중으로 조심스럽게 거리를 유지한다.

나는 이 안에서 길을 잃을 수도 있다. 사방에서
산호초가 불협화음을 내며 소용돌이치는 동안 내
안에는 가압加壓의 평온이 있다. 나의 정신은 각각의
움직임과 소리에 기민하면서도 마음을 고요하게

해주는 산소결핍 상태의 옴*을 수반한다. 그 균형은 강력하고, 가끔 나는 이대로 영원히 머물 수 있을 것만 같은 기분을 느낀다.

하지만 실제로 우리는 물리학의 지배를 받는다. 내겐 공기가 필요하다. 죄어오는 가슴과 전율하는 등뼈가 이를 증명한다. 1분 25초를 나타내는 손목시계가 이를 강조한다. 나는 몸을 똑바로 돌려 위를 향해 살랑살랑 발차기를 시작한다. 다시 푸름 속으로 들어설수록 산호초는 점점 멀어진다.

회색 암초상어 한 마리가 저쪽의 빈 공간에서 나타나 S자로 헤엄을 치며 내게 다가온다. 녀석 역시 호기심에 차 있다. 이 생명체는 어디서 왔을까, 그리고 나에게 어떤 의미일까? 녀석은 나를 주시하며 넓게 돌다가, 몸을 돌려 아래로 향한다. 우리 사이의 거리가 멀어지는 동안 나는 눈으로 녀석을 쫓는다. 그리고 문득 궁금해진다. 녀석은

* 고대부터 인도에서 사용된 주문으로, 우주의 소리를 나타내는 신성한 소리.

특색 없는 드넓은 바다에서 방부처리되어 빈 푸름 속을 떠돌게 될까? 아니면, 산호초를 향해 가고 있을까? 나는 단편적으로만 체험할 수 있는 이 림보에 계속 머물 수 있는 암초상어가 부럽다.

폴 베넷

작가이자 기업가로 아내, 세 딸과 함께 인도네시아의 요트에서 살고 있다. 《내셔널 지오그래픽》과 《아웃사이드》에 많은 글들을 기고했으며, 설계 및 건축 관련 도서를 몇 권 발간했고, 로웰 토머스 여행작가상을 받았다. 전문가와 함께하는 여행사 '컨텍스트'를 공동설립하여 수년간 운영했다.

프리다이빙은

다른 세계에

완전히

침잠할 수 있게 한다.

이 생명체는

어디서 왔고,

나에게 어떤 의미일까?

생명체들의 보금자리,
오크나무

더그 탤러미

나는 열 살 때 화이트오크가 세상에서 가장 좋은 나무라고 과감하게 선언했다. 오크나무는 내가 아는 나무들 중에는 분명 최고였다. 어떻게 그런 선언을 하게 되었는지 정확히 기억은 나지 않는다. 어쩌면 단순히 최상급 표현을 좋아해서 그랬는지도 모르겠다. 아무튼 오크나무는 어린 내가 본 나무들 중에 제일 크고 나이가 많았으며, 특히 들판에서 자란 것들은 나무타기용으로 최고였다. 오크나무들의 생김새도 마음에 들었다. 나는 50년이 지난 후 내 연구를 포함한 많은 분야의 연구들이, 어린 시절의 내 말이 옳았음을 증명하게 될 줄은 미처 알지 못했다. 오크나무는 진실로 우월하며, 미국 전역에서 벌어지는 자연보호 활동의 미래는 오크나무에 달려 있다.

　　우리가 자연계와 지속가능한 관계를 유지하려면—우리의 생명을 유지해주는 건 자연이기에 자연과 지속가능하지 못한 관계를 맺는 건 있을 수 없는 일이다—우리가 살고, 일하고, 노는 곳들을 포함한 모든 풍경들이 다음의 네 가지

역할을 수행해야 한다.

먼저 가장 중요한 건, 인간 지배적 풍경은
복잡하고 안정적인 먹이사슬을 유지해야만 한다.
우리의 풍경 속 식물들은 태양으로부터 얻은
에너지를 다른 생물들에게 전달해야 하는데,
그러지 않으면 다른 생물들은 존재할 수가 없다.
오크나무보다 이 역할을 잘하는 식물은 없다.
북미 전역에서 오크나무는 1000종 가까이 되는
나방들과 나비들을 먹여 살리며, 이는 어떤
식물군의 경우보다 훨씬 높은 수치다. 오크나무는
곤충들을 먹여 살림으로써 수십 종의 새들에게
주요 식량원이 되고, 대부분의 새들은 날마다 수백
마리의 곤충들을 소비해야 한다. 오크나무 낙엽에서
영양분을 얻고 몸을 보호하는 어리상수리혹벌,
유월풍뎅이, 장수하늘소, 비단벌레, 바구미,
무수한 거미들, 수십 종의 절지동물, 연체동물,
환형동물을 포함한 무척추동물도 오크나무에게
의존한다. 한 그루의 오크나무가 죽을 때까지
땅에 떨구는 도토리의 수는 300만 개에 이르며,

그 도토리는 청설모나 다람쥐 같은 설치류, 곰, 사슴, 너구리, 주머니쥐, 그리고 어치, 발풍금새, 박새, 붉은배오색딱따구리, 칠면조, 미국원앙 같은 새들의 생명줄 역할을 한다.

또한 모든 풍경은 토양과, 그 안에 사는 식물조직들로부터 탄소를 격리시켜야 한다. 오크나무는 기후변화와 대적하는 최고의 식물들 가운데 하나다. 땅의 위아래로 거대한 면적을 차지하며 탄소를 포집하기 때문이다. 오크나무는 수백 년을 산다. 그리하여 한 그루의 오크나무는 우리에게 지속적으로 주어지는 생태학적 선물이 된다. 긴긴 시간 탄소를 안전하게 저장해주니 말이다.

모든 풍경이 제공해야 하는 또 하나의 필수적인 생태계 체제는 유역관리다. 폭우 피해를 줄이고 우수雨水가 지하수면으로 스며들 때까지 뿌리와 줄기, 잎을 이용해 그 자리에 머물게 하는 데 있어 오크나무보다 나은 식물은 찾기 어렵다.

마지막으로 모든 풍경은 다양한 꽃가루매개자

군집을 도와야 한다. 최근까지 나는 오크나무가 풍매식물이라 이 생태적 기술만큼은 결여되어 있다고 생각해왔다. 하지만 최근 발표된 몇 가지 연구 결과에 따르면 일부 토종벌들이 봄에 모으는 꽃가루의 80퍼센트가 오크나무로부터 얻어진다고 한다. 그걸 누가 알았겠는가?

나는 우리 소유지에 열 종의 오크나무를 심어왔는데, 지속가능성을 위해서이기도, 그저 오크나무가 좋아서이기도 했다. 그동안 나는 우리 오크나무에서 자라는 1028종의 나방 사진을 찍어왔으며, 오크나무가 '새 먹이'를 많이도 만들어내는 덕에 여기서 알을 까는 59종의 새들과 이동 중에 허기를 채우러 드나드는 수많은 새들의 모습을 아내 신디와 함께 즐길 수 있었다. 우리 오크나무들은 20년 가까운 세월 동안 날마다 우리에게 기쁨을 주고 있다. 나는 그 나무들이 없는 삶은 상상조차 할 수 없다.

더그 탤러미

델라웨어대학에서 곤충학 및 야생생태학 교수로 재직하면서 40년간
103편의 연구 간행물을 쓰고 곤충 관련 강의를 해왔다. 저서
『자연을 집으로: 어떻게 자연 식물들이 우리의 정원에서 야생을
유지하는가』(2007)와 『자연의 최고 희망』(2020), 그리고 릭 다크와
공동저술한 『살아 있는 풍경』(2014)이 팀버 출판사에서 나왔다.

143 더그 탤러미
Doug Tallamy

정원에서 반反정원으로, '야생 정원'

지니 블롬

+ 지니 블룸, 『사려 깊은 정원사: 정원 설계에 대한 지적 접근The Thoughtful Gardener: An Intelligent Approach to Garden Design』, 재키 스몰, 2017. (수정 후 재수록)

야생이란 무엇일까?

정원을 가꾸는 일은, 길들여진 땅과 그 땅을 아름답게 꾸밀 충분한 여가 시간이 있는 사치스러운 주변부에 존재한다. 나는 조경가로서 요즘 '야생' 정원이 유행하고 있다는 사실에 매료된다. 야생이 정원 가꾸기의 상상력을 사로잡은 것이다.

정원 가꾸기는 창조하고, 상상하고, 손보는 것이라서 '야생' 정원이라는 주장은 언뜻 이해가 되지 않는 측면이 있다. 야생을 창조하고 싶은 바람이 아무리 크다 해도 그것은 하나의 구성물일 수밖에 없기 때문에, 내 의견으로는 결국 야생 '정원'이다.

야생 정원을 만드는 데에도 구조 설계가 필요하다. 나는 자유사상가이자 학자인 고객을 만나게 되었는데 그녀는 전원에 자리한 튜더 양식의 농가를 둘러싸고 있는, 완벽하게 논리적인 정원을 뒤집어엎어 전체적으로 더 야생처럼 만들고 싶어 했다. 자녀들이 깔끔하게 손질된 넓은 잔디밭보다는 무한한 자연을 체험하며 즐기기를 원했던 것이다.

그래서 우리는 '반反정원'이라는 아이디어를
도출해냈다.

우선 생각을 해야 했다. 우리는 그 땅을
어디까지 '놓아줄' 준비가 되어 있을까? 나는 후에
그 땅을 자연으로부터 도로 빼앗으려면 무척이나
힘들 것이라고 고객에게 미리 주의를 주었다.

영감을 받은 우리는 잔디가 거의 멋대로
자라게 했지만 래디시를 쉽게 길러 먹을 수 있도록
앞마당에 조지 오웰식의 획일적인 텃밭을 두었다.
집이 장미와 덩굴식물에 파묻히도록 하고, 나머지는
제멋대로 뻗은 과수원과 견과나무 숲으로 바꾸었다.
정원사의 얼굴이 창백해졌다.

이 배치가 전체적으로 논리적 근거를 지니려면
확실한 기본 계획이 필요했다. 나는 야생 견과류
나무를 심었고 견과류 숲, 과수밭, 잡목림, 허브로
이루어진 경계선을 만들었다. 그리고 집과
별채들을 '마담 알프레드 카리에' 장미, '램블링
렉터' 장미, 목향장미, 미국담쟁이덩굴, 딸기포도,
자색포도로 완전히 뒤덮고 곳곳에 프랑스국화를

심었다. 신바람이 났다. 벌, 나비, 새, 느린 벌레들—그야말로 풍요 그 자체였다.

그 반정원은 단순한 관리 체계 속으로 멋지게 안착했다. 아마 가장 큰 성공은 본모습을 되찾은 잔디밭과 장미와 덩굴식물에 뒤덮인 집, 그리고 이제 그곳에 보금자리를 튼 야생생물들일 것이다.

지니 블롬

심리학자로 시작한 후 조경을 통한 인간의 건강을 추구하게 되면서 '지니 블롬 조경설계'를 설립했다. 그녀는 우리가 물리적 환경의 산물이며, 조경은 그와 관련된 모든 요소의 종합이라고 믿는다.

우선 생각을 해야 했다.

우리는 그 땅을

어디까지

'놓아줄'

준비가 되어 있을까?

우정과 물의 생태계

토머스 L. 월츠

이언 쿼트와 나는 미국에서 가장 오염이 심한 수역에 속하는 브루클린 구와너스 운하 정화 활동에 자원봉사자로 참여하면서 만났다. 첫 대화에서 우리는 둘 다 노스캐롤라이나주 서부의 프렌치브로드강 유역에서 자랐음을 알게 되었고, 그때부터 물을 주제로 한 우리의 우정이 시작되었다. 이후 이언은 내게 환경보호국에서 구와너스 운하를 덮어버리기 전에 그 유독한 양식장에 사는 독특한 극한미생물들에 대해 함께 기록하자고 제안했다. 우리는 조경가로서 계속해서 소택지와 습지를 보호하고 물의 역사적 흐름을 드러내고 표시함으로써 물의 체계 내에서 우리의 공동체적인 관계를 증진시킬 프로젝트들을 설계하게 될 것이었다. 그리고 그 프로젝트들은 우리를 땅에서 물이 솟아나는 장소로, 강가에 더 가까운 곳으로 데려갈 터였다.

　거의 같은 시기에 나는 플로리다의 예술가 마거릿 톨버트와 물을 기반으로 한 또 하나의 우정을 맺게 되었다. 시인이자 화가이며

샘들springs의 신탁을 전하는 자이기도 한 그녀는
나를 오캘러 국유림의 신성한 물에서 헤엄칠 수
있도록 초대해주었다. 그 샘들에 대한 그녀의
황홀한 설명에는 고대 터키, 이탈리아, 이집트에
관한 언급이 가득했다. 나는 모험이라면 마다하지
않는 이언에게 노스캐롤라이나주로의 이 우회적인
여정에 동참해줄 것을 요청했다.

게인즈빌 공항으로 마중 나온 마거릿은
우리가 이틀간 방문하게 될 여덟 개의 샘들 중
첫 번째 샘으로 우릴 곧장 데려갔다. 길크리스트
블루 스프링스는 활엽수들이 이룬 나무 섬 안의
흰 석회암 분지다. 그곳에는 섭씨 22도의 물이
끊임없이 샘솟아 가을의 한기를 몰아냈다. 대여한
오리발을 신고 매일 1억 6천 리터씩 솟는 물 속으로
다이빙하여 반짝이는 돔형의 동굴들과 깊이
갈라진 틈새를 탐색할 수 있었다. 나는 석회암으로
만들어진 물의 신전 안에서 강한 물살의 힘으로 떠
있는 우리 세 사람 몸의 상대적인 크기를 상상했고,
돔의 둥근 창 같은 구멍에서는 햇살이 부서져

들어와 동굴 깊숙한 곳들을 비췄다. 더 많은 샘과
분사噴砂를 찾아가고 이체터크니강을 따라 거의
5킬로미터를 헤엄치는 체험을 마친 후, 여덟 개의
샘들 중 마지막 방문지였던 데블스 아이 스프링에서
나와서 곧바로 마거릿은 우리를 공항으로
데려다주었다. 우리는 비행기를 타고 애슈빌로
날아갔다.

　　노스캐롤라이나주로 여행을 할 때면 이언과
나는 맨 먼저 하이킹 코스를 의논한다. 이번
여행에서는 피스가 국유림에 접해 있는 우리 가족의
소유지에서 출발하여 유명한 콜드산 하이킹을
하자고 내가 제안했다. 우리는 나의 할아버지,
아버지, 형제들, 그리고 내가 물놀이도 하고 고기도
잡던 샛강을 따라가다가 더 가파른 오르막길로
접어들어 6030피트에 이르는 정상에 도달했다.
4억 8천만 년 역사의 노출된 민머리 화강암에
손을 얹자 지상에서 가장 오래된 장소들 중 하나와
연결된 기분을 느낄 수 있었다. 후피동물 가죽
같은 바위들 사이의 깊이 갈라진 틈에는 용암을

방불케 하는 가을의 주홍빛 블루베리 덤불이
가득했다. 정상 근처의 거대한 화강암 바위에
깊이 박힌 작은 파이프에서 샘물이 솟구쳤다……
프렌치브로드강의 작은 수원이었다.

그 물을 마시고 차가운 물줄기가 내 몸으로
들어오자, 지난 24시간 동안의 물의 연결성과
우정의 생태학이 분명하게 느껴졌고, 그 둘의
관계는 불가분의 것으로 보였다. 몇 시간 전
플로리다주에서 우리 둘의 몸이 떠 있던 그 샘물이
산 위의 화강암 바위 틈으로 솟아 우리 몸으로
들어온 그 물줄기 속에 있었다. 태고의 화강암에서
스미어 나온 물에서부터 500마일 떨어진 신비한
카르스트 웅덩이에 이르는 물의 연속체 안에서
우리의 우정이 물처럼 흐르고 있었던 것이다.

토머스 L. 월츠

조경가로서 설계된 형상들의 아름다움과 기능을 생태학적, 문화적,
공학적인 복합적 시스템과 통합시키는 작업을 해왔다.
'넬슨 버드 월츠 조경' 소유주이자 대표인 그는 사람들이 살고 일하고
노는 장소들에 땅의 서사를 불어넣어 인간과 자연계 간의 관련성을
심화하고 환경지킴이 정신을 고쳐해왔다.

우리는 본래
농업 인류였다

진 바우어

자동차 범퍼 스티커 문구 중엔 이런 말이 있다.
"**인간은** 지상의 유일한 종이 **아니다**. 그런 척하고
있을 뿐이다." 이 재치 있는 말은 우리 종의 오만이
다른 동물들과 자연, 그리고 우리 자신에게 얼마나
심각한 해악을 끼쳐왔는지를 강조한다. 우리의
특권의식과 다른 종들을 존중하지 않는 태도는
일상의 많은 부분에 반영되어 있으며, 그중 하나가
바로 '무엇을 먹는가'이다.

　　우리는 날마다 수십 억 마리의 가축을 도살하며
그들을 아무 감정도 없는 물품으로 취급한다.
우리의 과도한 육류, 유제품, 계란 소비는 가축을
키우기 위해 목초지와 경지를 사용함으로써 지구
전체의 다양한 생태계를 파괴하는 데 일조하고
있다. 이는 행성의 회복력과 생물다양성을
약화시킨다. 그리하여 심각한 기후 위기를
초래하고, 우리와 다른 종들의 생명을 위협한다.

　　우리가 섭취하는 음식은 우리가 이 땅과 맺고
있는 가장 긴밀한 연결 가운데 하나이며, 농업
방식은 우리와 자연의 관계를 정의하는 데 도움을

준다. 인지된 경제적 혹은 물질적 이익을 얻기 위해 다른 동물들과 환경을 일상적으로 남용하는 것은 자연에 대한 존중의 결여를 나타내는 전형적인 예시다.

우리는 귀중한 자원을 낭비하기보다는 자연계와의 호혜적 관계를 도모해야만 하며, 우선 먹거리 문제부터 시작해야 한다. 육식 대신 채식을 하게 되면 땅과 자원을 적게 들여서 더 많은 사람들을 먹여 살릴 수 있으며, 건강과 인간성까지 증진시킬 수 있다.

농업 개혁은 토지이용과 정부 정책의 구조적 변화뿐 아니라 문화적 진화까지 요구한다. 인간의 역사를 돌아보면 우리는 권력에 심취했던 것처럼 육식에 이끌렸다. 가장 큰 부와 권력을 가진 사회가 가장 많은 육류를 소비하고, 가장 큰 해악을 끼쳐왔다.

이제 과학자들은 우리가 인류세*를 살고 있다고 경고한다. 이 지질시대는 인간의 지배, 멸종, 플라스틱과 닭 뼈가 박힌 화석 기록이라는 특징을 지니게 될 것이다. 하지만 반드시 그렇게 되어야만 하는 건 아니다. 우리는 먹거리 체계를 바꾸고, 동물과 자연을 존중하고, 더 겸허하게 행동함으로써 다른 동물들과 우리 자신을 구할 수 있을 것이다.

미국에서는 식물 기반의 생산보다 유축농업**에 이용되는 토지가 열 배나 많다. 식물 기반 농업으로의 전환은 우리를 먹여 살릴 수백만 에이커의 땅을 해방시키고, 공기와 물을 정화하는 야생동물 서식지와 다양한 생태계를 위한 공간을 만들어줄 것이다. 우리의 농지는 지금처럼 유독한 석유화학적 단작물의 재배에 이용되는 대신, 생물다양성에 기여하는 유기농적이고 영속농업적인 원칙들에 따라 보다 책임감 있게 관리될 수 있다.

* 인간의 활동이 지구 환경을 바꾸는 지질시대를 이르는 말.
** 작물 재배와 가축 사육을 결합한 농업.

우리는 또한 도시와 교외에서도 먹거리를 재배할 수 있다. 생산자 직거래 장터, 지역사회 지원 농업 프로그램, 공동체 텃밭이 널리 보급되고 있는 것을 보면 밝은 미래가 기대된다. 도시의 버려진 땅들과 학교 운동장, 교외 잔디밭들이 개간되어 건강에 좋은 먹거리들을 길러낼 뿐만 아니라 그 과정에서 의미 있는 일자리와 기회를 제공하기까지 한다.

우리의 먹거리 체계는 우리와 이 행성을 공유하는 다른 종들에게 그러하듯 우리 자신에게도 막대한 영향력을 미친다. 앨버트 아인슈타인은 이렇게 말했다. "우리의 임무는 자비심의 폭을 넓혀 모든 생물체들과 아름다운 자연 전체를 포용함으로써 이 감옥에서 스스로 해방되는 것이다." 우리는 먹는 방식을 바꾸어서 스스로를 해방시키고 지구를 살릴 수 있다.

진 바우어

《타임》지에서 "먹거리 운동의 양심"이라고 칭송받았으며, 오프라
윈프리 '수퍼솔SuperSoul 100인' 기여자 부문에 들었다. 1986년에 '팜
생크추어리'를 공동설립했다. 비밀 조사법의 개척자로서 비인간적인
동물 감금을 금지하는 미국 최초의 법 제정에 중요한 역할을 했다.
먹거리 산업의 체계적 개혁을 위해 지속적으로 애쓰고 있다.

『팜 생크추어리: 동물과 식품에 대한 마음과 생각의 변화』(2008),
『팜 생크추어리 삶을 살다』(2015) 등의 베스트셀러 책을 썼다.

삶은 삶으로 이어진다

월리스 코프먼

시인 제라드 맨리 홉킨스는 떨어지는 낙엽을 슬픈
눈으로 응시하는 소녀를 보며 이런 시를 썼다.

아! 마음의 나이가 들어가면
이런 광경에 무심해지겠지
머지않아, 시든 숲에 낙엽 한 잎 한 잎 져도
한숨짓지 않겠지.

「봄과 가을 *Spring and Fall*」 중에서

이 시에서 홉킨스는 자연 속의 죽음뿐 아니라
자신의 유한성 또한 통렬히 인식하고 있다.
노스캐롤라이나주의 모건 개울이 내려다보이는
언덕 비탈에 집을 짓기 위해 네 살 난 딸 실번을
데리고 작은 활엽수 숲을 정리할 때, 나는 이 시구를
자주 떠올리고는 했다. 여름의 녹음이 생명을
다하면서 떨어지는 나뭇잎들은 결국 또 다른 여름을
위해 돋아난다.
　나는 날마다 숲으로 들어가며 이러한 생명의

위대한 흥망과 순환을 생각했다. 나는 붉은 흙에서 푸른 돌들을 캐내며, 실번이 돌을 가지고 놀거나 개미집을 살펴보거나 종잇조각에 그림을 그리는 걸 지켜보았다. 당시 서른네 살이었던 나는 이미 내리막길에 있었고, 실번은 자라나고 있었다. 나는 그 아이가 내 나이가 되면 이 날들을 거의 아무것도 기억하지 못할 것임을 알았다. 내가 기억하는 어린 시절은? 할머니는 내게 작은 오리를 죽인 작은 남자 이야기가 담긴 〈엄지왕자 톰〉 자장가를 불러주셨다. 할머니 집 길 건너편의 초록빛 공원이, 그리고 거기 살던 오리들이 기억난다. 나는 실번이 흥미를 가질 만한 이야기들을 최대한 많이 들려주었다.

우리는 함께 앉아 새, 개구리, 뱀, 가재를 지켜보고, 꽃을 관찰하고, 루트비어 냄새가 나는 꽃생강의 향을 맡곤 했다. 나는 실번이 그날들을, 그 일들을, 그때의 어떤 동물이나 식물도 기억하지 못할 것임을 알았다. 우리는 깊이 사랑할 수 있는 것, 가장 편안하고 친근한 것과의 첫 만남을 좀처럼 기억하지 못하니까.

내가 실번에게 보여준 것들에는 죽음도 있었다. 우리는 개울가에서 죽은 여우 한 마리를 발견했는데, 썩어가는 가죽을 뚫고 흰 뼈들이 튀어나와 있었다. 나는 무슨 일이 일어나고 있는지 실번에게 설명해주었다. 죽은 여우를 먹고 사는 벌레들과 구더기들을 보여주었다. 우리는 썩어가는 통나무를 쑤셔 생명을 찾아냈다. 나는 올빼미 똥을 파헤쳐 올빼미와 새끼들이 생명을 유지할 수 있게 해준 생쥐들과 들쥐들의 뼈, 이빨, 털 쪼가리들을 보여주었다.

나는 그때 실번을 위해 시작한 교육이 당시 법대 2학년에 재학 중이던 아이 엄마가 배우던 법규들만큼이나 중요하다는 것을 알았다. 실번은 자연의 법대 1학년 학생이었고, 그 아이가 모건 개울에서 배울 수 있었던 건 문명에 있어 법만큼 중요한 불변의 법칙들이었다. 아이 엄마도 나도 교회에 다니지 않았기에, 나는 실번이 죽음 너머에 천국이 있다는 위안을 갖지 못한 채 자랄 것임을 알았다. 내가 할 수 있는 최선은 딸에게 삶이 삶으로 이어진다는 사실을 이해시키는 것이었다.

일흔일곱 해를 산 지금, 나의 마지막 소망은 소박한 관에 담겨 땅에 묻히고 내 위에서 검은 호두나 도토리가 아래로 뿌리를 내릴 준비를 하는 것인데, 딸이 그 소망을 이루어주기를 바란다. 그것이 내가 부활하여 세상의 영주자가 되는 것에 가장 가까운 상태일 것이다.

나의 묘비명:

여기 잠든 남자
그의 삶은 길었고
의지는 약했고
몸은 튼튼했다.

그의 처음이자 마지막 소망은
생각을 키우고 말[言]을 수확하며
세상의 경이를 키우는 것.
이제 그는 위에 있는 나무를 키운다.

윌리스 코프먼

최신작으로 사진을 담은 회고록인 『늦게 자라고 젊게 죽다』(2019)가
있다. 많은 나라와 시베리아 북부를 비롯한 야생의 땅을 탐사했으며,
오리건주 해안의 숲과 개펄 근처에 집을 짓고 살고 있다. '우즈 홀
해양생물학연구소'에서 과학저술강사로 일했다.

그의 처음이자

마지막 소망은

생각을 키우고

말〔言〕을 수확하며

세상의 경이를 키우는 것.

자연의 계절들

맥스 모닝스타

들에서 프렌치래디시를 뽑아 다발로 묶는 작업을
하다 보면 양손을 써야 한다. 여름이면 모기들이
귓가와 목 주변에 맴돈다. 남는 손이 없어 그
모기들을 쫓아내지 못하는 나는 꼼짝없이 그 높고
날카로운 앵앵거림에 시달린다. 그러다 해 질 무렵
잠자리들이 모기를 사냥하러 오면, 그 잠자리들이
내 무언의 구조 요청을 들은 모양이라고 믿기
십상이다. 잠자리들은 파닥거리거나, 쏜살같이
쌔앵 날거나, 깐닥거린다. 우아하면서도 로봇
같은 동작으로 허공을 누빈다. 내 주변 공기에서
모기들을 추적하며 뜯어내는 잠자리들, 그들이
날개를 스치며 지나간다.

　　나는 자연을 찾아 나서지 않는다. 농사는 나의
생계 수단이다. 나는 거의 날마다 흙과 공기, 바람의
세계에서 산다. 영리 목적의 농업은 고되고 벅찬
직업이다. 나는 늘 빠듯한 시간 내에 마무리해야만
하는 일들을 간신히 해낸다. 하루 14시간씩
농장에서 살다 보면 가장 감동적이고 미묘한 자연의
모습을 포착할 기회가 생긴다. 잠자리 날개가

귓가에 스치며 위안을 줄 때 그 소리와 감각은 빠른 어루만짐, 부드러운 두드림이다. 아, 내가 가장 좋아하는 순간들 중 하나다.

계절은 자연의 시계이자 달력이다. 우리는 그 안에서 살고 자연의 단계들을 중심으로 돈다. 나는 계절을 밀어낼 수도, 끌어당길 수도 없다. 걸음을 늦추라거나 서두르라고 설득할 수도 없다. 자연은 지극히도 아름답고 잔혹하며, 내가 아무리 무수하게 애원해도 통보도 없이 나를 버려둔 채 나아가고 변화해왔다. 자연은 자애롭지도, 악의적이지도 않으며 무심할 뿐이다. 우리는 전체의 일부이고, 자연은 그걸 안다.

영원의 가치를 지닌 체험이 한순간에 지나가버리고, 우리는 그 후에야 그걸 깨닫는다. 우리가 우리를 둘러싼 임무들에, 스스로 만들어낸 일에 정신이 팔린 사이, 어느 날 갑자기 자연은 다시 바뀐다. 짧고 선선해진 날은 새로운 계절의 신호다.

제비들이 강한 북풍을 피해 떠난다.

우리의 여름밤을 로맨틱하게 해주는

반딧불이들도 잠들 곳을 찾아갔다.

배불리 먹은 잠자리들은 봄을 대비해 연못에 자손을 남기고 떠났다.

그리고 우리는 남는다. 밀물과 썰물은 느려지고, 색채는 초록과 갈색에서 회색, 흰색, 검정으로 바랜다. 우리는 다음번엔 계절이 가기 전에 더 많이 주목하고 음미하리라 다짐한다.

맥스 모닝스타

유기농업 농부로서 양질의 농산물을 길러 허드슨 밸리, 버크셔, 뉴욕시 전역에 보급하는 데 헌신하고 있다. 뉴욕 허드슨에 'MX모닝스타 농장'을 설립한 그는 미래를 위해 땅의 건강을 유지하고 증진시킬 수 있는 지속가능한 농법을 활용하고 있다.

183 맥스 모닝스타
Max Morningstar

자연은 자애롭지도,

악의적이지도 않으며

무심할 뿐이다.

우리는 전체의 일부이고,

자연은 그걸 안다.

도깨비산토끼꽃으로
영혼을 치유하다

데브 솔

도깨비산토끼꽃Dipsacus sylvestris은 나의 아베나 보태니컬스 치유 정원에서 여러 해 전부터 잘 자라고 있다. 이 두해살이 약초는 햇빛을 충분히 받는 걸 좋아하고, 첫해에는 가시 달린 잎이 땅에 낮게 깔린 좌엽座葉의 형태로 자란다. 두 번째 해 여름 동안에는 키가 120에서 150센티미터에 이르는 꽃대가 솟는다. 가느다랗고 긴 잎들은 튼튼한 줄기에 붙어 빗물을 받아 간직하는 마법의 컵을 만들어내고, 갈라진 꽃대 꼭대기엔 엉겅퀴 모양의 머리 몇 개가 나타난다. 그다음 몇 주 사이에는 꽃머리를 에워싼 자잘한 라벤더색 꽃들이 토종 호박벌들을, 그리고 가끔은 붉은목벌새를 끌어들인다.

가을에 캔 일년근은 말려서 차를 끓이거나, 부러진 뼈를 아물게 하고 라임병이 있는 사람들에게도 약효가 있는 신선한 뿌리 팅크*에

* 동식물에서 얻은 약물이나 화학 물질을, 에탄올 또는 에탄올과 정제수의 혼합액으로 흘러나오게 하여 만든 액제.

넣기 위해 잘게 썰어둔다.

　도깨비산토끼꽃의 가장 훌륭한 선물은 컵으로 변한 잎에 든 물이다. 이 치유의 물은 쇠약해진 기를 되살리고 인간이나 동물의 에너지장에 난 구멍을 메워준다. 내가 도깨비산토끼꽃의 치유력에 대해 처음 알게 된 건, 날개가 부러진 채 나의 정원에 찾아온 우는비둘기를 통해서였다.

　5월의 어느 날, 나는 외바퀴 손수레에 퇴비를 담다가 우는비둘기 한 마리가 온기를 찾아 퇴비 더미 근처를 맴도는 걸 보았다. 나는 해바라기씨를 뿌려주면서 우는비둘기를 안전한 나의 정원으로 살며시 유인했다. 우는비둘기는 몇 주 동안 나의 정원에 살면서 은신처 삼은 산사나무에서 나와 도깨비산토끼꽃 잎에 고인 물을 조금씩 마시기 시작하더니, 이 치유의 물을 날마다 마셨다. 나는 근처에서 우는비둘기 한 마리를 더 보았고, 두 비둘기가 소통하는 소리를 들었다. 어느 날 날개를 다쳤던 우는비둘기가 다른 우는비둘기와 함께 정원 위로 날아오르는 광경을 목격할 수 있었다.

두 마리가 전깃줄에 나란히 앉아 있는 게 보였다. 기쁨의 눈물이 내 뺨을 타고 흘렀다. 그해 여름, 우는비둘기 새끼들이 정원 가장자리에서 태어났다.

내 정원에 찾아든 그 우는비둘기는 중국과 서양 약초학에서 높이 인정받는 도깨비산토끼꽃의 강력한 약효를 증명해주었다. 나는 여러 해 전부터 뼈가 부러지거나, 기력이 쇠하거나, 감정적 고갈이나 무력감, 낙담, 허약함에 시달리거나, 세상과 조화를 이루지 못하는 사람들에게 토깨비산토끼꽃 뿌리 팅크나 꽃잎 진액 세 방울을 권해왔다. 도깨비산토끼꽃은 우리의 영혼이 조화와 평화를 되찾도록 도와준다.

데브 솔

1985년에 '아베나 보테니컬스 허브 약제상'을 설립, 농장의 주된 약초재배자이자 약제사, 생물역학적 원예가로 일하고 있다. 『여성을 위한 치유 허브』(2011), 『원예가처럼 움직이기』(2013), 『힐링 가든: 건강과 안녕을 위한 허브 식물』(2021) 등의 저서를 통해 35년간 약초들을 키우고, 수확하고, 손질해온 경험을 전하며, 약초를 키우고 약초약을 준비하는 모든 과정에 식물에 대한 감사와 존중을 담도록 고취시키고 있다.

삶은 조수와도 같다

캐슬린 딘 무어
& 에린 무어

보라, 백로 다섯 마리가 둑에 줄지어 서서 기다린다. 개펄을 미끄러지듯 빠져나가는 마지막 썰물을 따라 다섯 개의 노란 부리를 돌린다. 거머리말 가닥들이 썰물이 떠난 방향을 가리킨다. 진창 가장자리에 사초莎草가 성냥불을 기다리는 생일 초처럼 서 있고, 염습지의 부들이 소금기로 반짝인다. 잿빛개구리매 한 마리가 드러나는 개펄 위로 솟구쳐 날아오르며 아침의 **고요한 음악**에 합류한다.

론 록의 해송海松 위에 독수리 한 마리가 새벽부터 높이 앉아 있다. 마침내 그 독수리는 날개를 펼치고 상승기류로 뛰어든다. 지휘자가 지휘봉을 아래로 휘두르는 동작이라도 되는 양 습지 전체가 함성을 터뜨린다. 청둥오리 떼와 그만큼 많은 홍머리오리 떼가 우레와도 같은 소리를 내며 날아오르고, 숨은 왜가리들이 깍깍거리며 쏟아져 나온다. 연어 한 마리가, 아니 어쩌면 가자미가, 진창에 소용돌이를 남기며 더 깊은 물로 풍덩 뛰어든다.

그다음엔 새들이 침묵을 그친다. 어쩌면 바로

그 순간 봄이 온 것인지도, 아니면 태양이 진흙에
온기를 더해 잠에서 깨어나게 한 것인지도, 그도
아니면 한 눈부신 순간 마지막 썰물이, 덤불과
진흙새우 탑들로 이루어진 개펄이라는 구조물의
얼어붙은 음악을 녹인 것인지도 모른다. 어쨌거나,
온갖 지빠귀들이 휘파람을 멈추지 않는다.
붉은어깨검정새 한 마리가 측량용 막대기를 횃대
삼아 요들송을 부른다. 동고비가 구부러진 장난감
호른으로 경적을 울린다. 진흙 위 공기가 진동하기
시작하는데, 날이 따뜻해져서인지 공포 때문인지
나로선 알 수 없다.

　이런 아침의 조수를 지켜보기 위해 나는 특별한
전망대로 온다. 물가에 자리한 그 전망대는 원형
트러스*로 이루어진 널따란 원통형 목조 구조물로,
진창에서 자라는 사초로 지붕을 얹었다. 그 안에
들어가 설 수 있을 정도로 지붕이 높고, 내 무릎에

---

　* 직선으로 된 여러 개의 뼈대 재료를 얽어 짜서 지붕이나
　교량 따위의 도리로 쓰는 구조물.

꼭 맞는 벤치가 놓여 있으며, 터널 길이는 네 걸음 정도 된다. 그곳은 작은 망원경처럼 시야를 집중시킨다. 내게 보라고 명령한다.

이걸 봐, 이걸 봐. 전망대가 명령한다. 다른 곳으로 시선을 돌릴 수가 없다. 노래를 참지 못하는 이 새들, 이 존재들, 이 작은 생명들은? 이들은 석유 열차가 다니지 못하도록 철로에 사슬로 몸을 묶은 노인들이다. 파이프를 실은 트럭을 막는 이웃들이다. 수갑 찬 여자들, 그리고 그들의 당황한 아이들이다. 이곳에 세워질 액화천연가스터미널의 밀물에 맞서 퍼덕이는 장엄한 존재들이다. 콘크리트 패드, 폭발성 가스, 준설 토사, 불도저로 파헤쳐진 습지, 상상조차 할 수 없는 액수의 돈, 정부의 결탁, 그리고 백색의 F-350 디젤 트럭 군단. 거짓말, 거짓말, 거짓말. 이 새들을 보라. 이들의 영광을, 이들을 해하려는 음모의 죄들을 보라. **자연은 인간에게 옳고 그름의 법칙들을 우레와 같은 소리로 알린다.** 동이 틀 때 습지가 어슴푸레하게 빛나며 노래하는 건 옳은 일이며, 그래야만 한다. 그

기쁨, 그 아름다움, 태고로부터 이어진 그 절박한
생명들을 파괴하는 건, 옳지 않은 일이다.

캐슬린 딘 무어

어지럽고 거친 세상과 우리가 맺는 도덕적이고 정신적인 관계에 대해
십여 권에 이르는 책을 쓰거나 공동편집했다. 오리건주립대의 저명한
철학교수로 재직하다가 기후 행동의 도덕적 긴급성에 대한 글을
쓰기 위해 대학을 떠났으며, 저서로 『모럴 그라운드』(2010), 『만조
상승』(2017)이 있다.

에린 무어

건축가이자 오리건대학 건축환경학 교수. 자신의 설계사무소 'FLOAT
건축연구 및 설계사무소'에서 건축물들을 통해 자연 관념들의 문화적
구성을 형상화하고 반영하는 방안들을 모색하고 있다.

옮긴이의 말

민승남

여기, 자연에 대해 이야기하는 스무 편의 짧고
아름다운 글들이 있다. 먼저 시선을 끄는 건 강렬한
인상을 남기는 색다른 체험들이다. 아메리카
원주민들의 땀 움막에서 이루어지는 정화 의식,
한여름에도 기온이 영하에 가까운 극한지대에서
천 년을 넘게 사는 브리슬콘소나무, 아직 살얼음이
남아 있는 늦겨울 연못에서의 수영, 깊은 바닷속
산호초들의 도시를 여행하는 프리다이빙. 불의
열기로 몸과 마음을 정화하는 땀 움막에서는
온몸이 갈가리 찢기는 고통 속에서 생명을 낳는
어머니의 위대함을, 혹독한 추위와 바람에 온통
뒤틀린 몸으로 기나긴 인고의 삶을 묵묵히 이어가는
브리슬콘소나무들에게서는 경이로운 생명력을,
연못에 뛰어들어 차가운 물살을 가르는 이에게서는
가상세계에 머무는 시간이 길어지면서 무디어진
몸의 감각을 일깨우려는 현대인의 고투를, 심해
프리다이빙에서는 아찔하고 황홀한 자유를
생생하게 느낄 수 있다.

    일상 속에서 흔히 접할 수 있기에 친근하고

잔잔한 감동으로 다가오는 이야기들도 있다. 책상에 앉아 창밖 메스키트나무가 강한 바람에 "오픈카를 타고 질주하듯 머리칼을 휘날리"는 광경을 보며 나무와 교감하는 작가, 자연의 공평한 무심함 속에서 인종차별의 상처를 달래는 흑인, 무한의 바다에서 편협한 경계를 초월한 너그러움을 배우는 시인, 선선한 가을밤에 뒤뜰 해먹에 누워 어두운 하늘을 날아가는 철새들의 비행 호출을 듣는 과학 저술가, '반反정원'이라고 할 수 있는 '야생 정원'을 꾸미는 조경가, 하루 14시간씩 흙에서 일하며 자연과 한 몸이 되어 사는 농부, 우연히 날아든 우는비둘기를 통해 도깨비산토끼꽃의 치유력을 발견하는 약초재배자.

목소리들도 있다. 인류의 역사가 자연에서 멀어지는 방향으로 나아가고 있음을 우려하는 목소리, 인간의 이기심과 그릇된 생존방식과 브레이크 없는 기술 발전이 자연의 생명을 위협하고 있다고 외치는 절박한 목소리, 자연계와 지속가능한 관계를 유지하지 않으면 인류에겐 미래가 없다고

호소하는 열띤 목소리. 이 목소리들은 진실함 그
자체여서 귀가 아닌 가슴으로 들어와 심장에 깊이
새겨진다.

　　우리에게 생명을 주고 우리가 살아 있는 동안,
그리고 죽음을 맞이한 후에도 영원한 안식처가
되어주는, 우리의 과거이자 현재이자 미래인
자연. 우리의 창밖에, 산책길에, 먼 산에, 높은
하늘과 깊은 바다에, 모든 곳에 늘 존재하는 자연.
누구에게나 넉넉하게 주어진 자연. 이 책에 담긴
짧지만 긴 여운을 남기는 스무 편의 이야기들은
우리가 경이로운 자연의 품에서 얼마나 충만한 삶을
누릴 수 있는지를 새삼 일깨워준다. 역시 자연에
대한 이야기는 언제 들어도 좋다.

2022년 6월
민승남

이 책에 실린
기고자들의 저서

스튜어트 케스텐바움

* 『How to Start Over』(2019)
* 『The View from Here』(2012)

레이철 카슨

* 『Silent Spring』(1962)

앨리슨 호손 데밍

* 『Stairway to Heaven』(2016)
* 『A Woven World: On Fashion, Fishermen, and the Sardine Dress』(2021)

킴 스태퍼드

* 『Singer Come from Afar』(2021)

데이비드 해스컬

* 『The Forest Unseen』(2012)
* 『The Songs of Trees』(2017)

벳시 숄

* 『House of Sparrows』(2019)

윌리엄 파워스

* 『Hamlet's BlackBerry: Building a Good Life in the Digital Age』(2010)

아키코 부시

* 『Geography of Home』(1999)
* 『The Uncommon Life of Common Objects』(2004)
* 『Nine Ways to Cross a River』(2007)
* 『The incidental Steward』(2013)
* 『How to Disappear: Notes on Invisibility in a Time of Transparency』(2019)

킴벌리 리들리

* 『The Secret Pool』(2013)
* 『Extreme Survivors: Animals That Time Forgot』(2017)
* 『Wild Design: The Architecture of Nature』(2021)
* 『The Secret Stream』(2021)

더그 탤러미

* 『Bringing Nature Home: How Native Plants Sustain Wildlife in Our Gardens』(2007)
* 『Nature's Best Hope』(2020)
* 『The Living Landscape』(2014) (릭 다크Rick Darke와 공동 저술)

진 바우어

* 『Farm Sanctuary: Changing Hearts and Minds About Animals and Food』(2008)
* 『Living the Farm Sanctuary Life』(2015)

월리스 코프먼

* 『Grow Old and Die Young』(2019)

데브 솔

* 『Healing Herbs for Women』(2011)
* 『How to move Like a Gardener』(2013)
* 『The Healing Garden: Herbal Plants for Health and Wellness』(2021)

캐슬린 딘 무어

* 『Moral Ground』(2010)
* 『Great Tide Rising』(2017)

엮은이 **스튜어트 케스텐바움 Stuart Kestenbaum**

편집자이자 시인. 2006년 미국공예협회 명예위원으로 선출, 2016년부터 2021년까지
5년간 미국 메인주 디어 아일의 계관시인으로 활동했으며 최근에는 몬슨예술갤러리의
수석고문에 올랐다. 『추수감사절의 집House of Thanksgiving』, 『다시 시작하는 법How to
Start Over』 등 다섯 권의 시집을 펴냈으며, 그 밖에도 공예와 공동체에 대한 에세이
『여기로부터의 시선The View from Here』이 있다.

옮긴이 **민승남**

서울대학교 영문학과를 졸업, 현재는 전문 번역가로 활동 중이다. 제15회
유영번역상을 수상했다. 옮긴 책으로는 유진 오닐의 『밤으로의 긴 여로』, 앤 카슨의
『빨강의 자서전』 『레드 닥〉, 아룬다티 로이의 『지복의 성자』, 앤드류 솔로몬의
『한낮의 우울』, 이언 매큐언의 『스위트 투스』 『바퀴벌레』, 메리 올리버의 『천 개의
아침』 『개를 위한 노래』 『기러기』 등이 있다.

경이로운 자연에 기대어
진리와 정신과 철학에 관한 에세이들

초판 1쇄 2022년 7월 5일

지은이 레이첼 카슨 외
펴낸이 박진숙 | 펴낸곳 작가정신
편집 황민지 | 디자인 나영선 | 마케팅 김미숙
홍보 조윤선 | 디지털콘텐츠 김영란 | 재무 박정윤
인쇄 및 제본 영림인쇄

주소 (10881) 경기도 파주시 문발로 314
대표전화 031-955-6230 | 팩스 031-944-2858
이메일 editor@jakka.co.kr | 블로그 blog.naver.com/jakkapub
페이스북 facebook.com/jakkajungsin | 인스타그램 instagram.com/jakkajungsin
출판 등록 제406-2012-000021호

ISBN 979-11-6026-288-9 03840